ハク
トゥーリ
ガードン
バクゼル
サリル
ユイ
シロ
ソータ

サリルの見ている方向に目
空の彼方に、黒い点がぽつんと
浮かんでいるのが見える。
いや、点じゃない。
どんどん大きくなっていくそれは——
「ちょうど帰ってきたようだな。
あやつが炎竜……フレアだ」

プロローグ

窓の外を見上げれば、満天の星が視界を埋め尽くす。

こうして夜遅くまで仕事をしているのは都会にいた時とは変わらないけど、空の景色はやっぱり故郷の方がずっと良い。

「若社長、入ってもよろしいでしょうか」

「ああ、いいよ」

ぼんやりと外を眺めていると、ノックと共に一人の従業員が入ってきた。

俺よりも一回り以上年上の相手なんだけど、立場としてはこちらが上だ。示しを付ける上でも、そういう態度で接しなければならない。

「今月の決算報告書です、ご覧ください」

「ありがとう」

メールでもいいんだが、長々とした文章は紙の方が目を通しやすい。というわけで、俺の我儘《まま》で毎度印刷して貰っているんだが、彼は嫌な顔一つせず持ってきてくれる。

そんな報告書に一通り目を通した俺は、笑みを浮かべながら顔を上げた。

「いいね、四期連続で大幅な黒字だ、これなら更なる投資に踏み切っても問題ない。……君たちのお陰だよ、本当に助かった」

「何を仰いますか、若社長がいなければこの酒蔵はとっくに潰れていますよ。戻ってきてくれたこと、今でも感謝しております」

「そう言って貰えると嬉しいよ」

俺は、大学を出てすぐ東京で働き始め、とある企業で順調に出世コースに乗っていた。

けれど、そんな俺の耳に入ったのは、故郷で父が経営していた酒蔵の廃業危機だった。

曽祖父の代から続く、伝統的な酒蔵……というのもそうだけど、俺にとって一番重要だったのは、その酒蔵が今は亡き祖母の大切な場所だったってこと。何せ、祖父母が二人で長年一緒に切り盛りして来た酒蔵だったらしいからな。

両親共に働き詰めで、あまり家にいなかった子供の頃。俺の面倒を見てくれていたのが祖母だった。そんな祖母への恩返しをしたかった俺は、すぐに会社を辞めて田舎に戻り、父の経営を手伝い始めた。

酒についての知識は素人に毛が生えた程度だったけど、経営と販売に関しては東京での経験を活かせる。

いきなり帰って来てすぐ実質的なトップに座った俺に不信感を抱く従業員達を説得して纏《まと》め

上げ、地元の観光業や農家と連携。若者でも飲みやすい甘い酒を開発し、アニメともコラボして大々的なプロモーションに打って出た。

正直、かなりギリギリの賭けだったと思う。でも、その宣伝効果のお陰で何とか経営は持ち直し、知名度が上がったことで従来の酒も売れるようになった。

ここまで来れば、ひとまずは安心といったところだろう。その功績が俺にあると言われれば、正直悪い気はしない。

「でも、私が戻ってくるまでこの蔵を守り通してくれたのは、間違いなく君たち従業員だ。この感謝の気持ちは受け取ってくれると嬉しい」

「若社長……!!」

「その呼び方はやめてくれ、正式な社長は父なんだから」

苦笑と共に、どうしても一つだけある彼らへの不満を口にしておく。

立場としては一応副社長なんだが、従業員達の間では〝若社長〟という呼び名がすっかり定着してしまっている。

誰が言い始めたか知らないが、困ったもんだ。

「それと、もう一つ」

椅子から立ち上がった俺は、彼の肩にポン、と手を置く。

どうしたのかと困惑する彼に、俺は出来るだけ優しい口調で言った。

「君は今日、娘の誕生日なんだろう？　早く帰ってやれ、後の事は私がやっておく。これは業務命令だ」

「若社長……‼　ありがとうございます‼」

それでは、と走り去っていく彼の後ろ姿を見送りながら、俺は残った仕事を片付けるため仕事に戻った。

……何でもかんでも自分でこなそうとするのは悪い癖だと、父からも言われてるんだが……今日くらいはいいだろう。

「今日はこれくらいにしておくか」

それからしばらく経ち、夜も十時を回ったところ。

本当はもう少しキリの良いところまで終わらせたい欲求もあるが、あまり遅くなって明日に差し障る方が効率が悪い。

今日のところは大人しく帰ろうと、荷物を片付けて会社から出る。

「お疲れ様です」

「ああ、ご苦労様」

警備員のお爺さんと挨拶を交わし、家に向かって歩いていく。

都会暮らしだった頃は、たとえ真夜中だろうと視界に困らないくらいに明るかったが、こんな田舎ではライトが無ければ足元すら見えない。

綺麗な星空とトレードオフか、なんて、そんなことを考えていると――前から歩いてきた人影と、肩がぶつかった。

「おっと。すみません、不注意でし……た……？」

腹部に、違和感を覚える。

目を向ければ、そこには月明かりに照らされて鈍く光る、刃物の存在があった。

どうして、と思いながら、ゆっくりと振り返ると……そこに立っていた黒ずくめの男には、見覚えがある。

「あんた、確か……隣町の……」

「覚えていたか。そうだよ、お前のとこの蔵に客を取られたせいで、廃業するしかなくなった蔵元だよ」

そうだ、ちゃんと覚えてる。

うちの蔵が廃業間近だった時に隆盛を極めていた酒蔵で、ここを超えることが当面の目標だった。

確かに、廃業したとは聞いてたけど……それは、一時の売上で調子に乗って、派手に投資し過ぎた結果だ。そうでなければ、今もお互いライバル企業として存続出来ていただろう。

「人のせいに、するなよ……」

「うるせえ‼」

思い切り蹴り飛ばされて、俺は地面を転がった。

けほっ、と血を吐きながら呻《うめ》く俺を、その男は震える声で糾弾する。

「お前さえいなけりゃ、俺は全て上手く行っていたんだ!!　死んで償いやがれ!!」

それだけ叫んで、男は走り去っていく。

残された俺は、地面に這いつくばったまま一歩も動けなかった。

(ヤバい、俺……このまま、死ぬのか……?)

体が、どんどん冷たくなっていくのを感じる。刺されたはずなのに、その痛みすら感じない。

これは本格的にヤバそうだ、と、どこか他人事《ひとごと》のように俺の頭は考えた。

(くそっ……これからだったのに……)

やっと酒蔵を軌道に乗せられて、後は状況に合わせて大きくしていこうか、それとも販路を増やそうかなんて話していた矢先にこれだ。

父さんや、従業員のみんなに、悪いことしたな。

(ばあちゃんとの約束も……ちゃんと、果たせなかった……)

本当に、小さい頃の話だ。俺が大金持ちになって、でっかい家を建てて……世界一でかいケーキで、ばあちゃんの誕生日をお祝いしてやるって。

ばあちゃんが天国に行っちゃって、本当の意味でその約束を果たすことは出来なくなってからも、ずっと密かに計画してた。

もしまだ生きてたら八十八歳、米寿になる誕生日に合わせて用意しようって、そう思って……本当に、後少しだったんだけどな。

（ごめん……）

意識が遠のき、何も考えられなくなる。

そんな時、どこからともなく声が聞こえてきた――気がした。

助けて、と。

（……？）

助けても何も、助けて欲しいのは俺の方なんだけど。

そう思うけど、いつまで経っても声は消えず、頭の中で響き続けている。

（分かった分かった、俺に出来ることなら何でもしてやるから……まずは俺を助けてくれよ）

自分でも何を言っているのか分からない。死ぬ間際の幻聴にそんなことを願ったところで、何の意味もないのに。

だけど――今この時は、明確に意味があったらしい。

『ありがとう』

その一言が聞こえた瞬間、闇に閉ざされかけていた視界が光に包まれる。

その意味も分からないまま、俺の意識はそこで途絶えた。

MOFU MOFU FOREST LIFE OF REINCARNATED INFANT

STORY BY JAJAMARU, ILLUSTRATION BY .SUKE

ちびころ転生者の
モフモフ森暮らし

1

ジャジャ丸

イラスト
.suke

CONTENTS

MOFU MOFU FOREST LIFE
OF
REINCARNATED INFANT

1

STORY BY JAJAMARU, ILLUSTRATION BY .SUKE

第一章　始まりの森

「んん……んん？」

気が付いた時、俺は見知らぬ森の中にいた。

俺、確かナイフか何かで刺されて死んだはずだよな？　なんで生きて……というか、ここどこ？

「てゅーか……おれ、ちぢんでりゅ⁉」

飛び起きた俺は、自分の体に起こった変化に戸惑いを隠せなかった。

記憶にある自分の体と比べ、半分以下にまで縮んでしまった体と手足。

舌の呂律《ろれつ》もほとんど回らず、少し喋《しゃべ》っただけであっさりと噛んでしまう。

起き上がろうとすれば、サイズの合っていないブカブカの服に足を取られ、いまいちバランスの取りづらい体があっさりと倒れた。

何が起きたのか、何があったのか。何一つ理解出来ないまま、俺は茫然と周囲を見渡して――すぐ後ろに、巨大な影があることに気が付いた。

「えっ……な、なにこれぇ!?」

振り返った先にあったのは、真っ白でふわふわな毛に覆われた、巨大な猫だった。

ゴロゴロと気持ち良さそうに寝息を立て、完全に脱力してスライムか何かみたいに蕩《とろ》けている姿は、その大きさがもたらす威圧感があってなお可愛く見える。

問題は、こんな巨大猫は地球上のどこを探してもいないはずだってことだ。

「ほんとーに……なにが……」

『気が付いた？』

「つ、だれ……!?」

謎の声に顔を上げると、そこには一羽の鳥が木の上に止まっていて、俺の前まで降りてきた。

鮮やかな紫色の羽が綺麗だけど、見つめていたらそのままどこかへ連れ去られてしまいそうな、そんな少し怖い雰囲気も感じる。

『よかった、なかなか目を覚まさないから、失敗したのかと思ったよ』

「……とりがしゃべってる」

次から次へと巻き起こる意味不明な状況に、もはや頭が追い付かない。

そんな俺に、目の前の鳥は更にとんでもないことを言い始めた。

『僕らと喋れる人間を選んでこの世界に連れ込んだんだから、当然だよ。それで、一つお願いがあるんだけど』

「まって、まって。つれてきたって、どーゆーこと？」

さらりと流されそうになったけど、今凄く重要なこと言ったよこの鳥。

そう思って何とか話を遮ると、鳥はあっけらかんと言い放った。

『僕の力で、君をこの世界に連れてきたんだ。やって欲しいことがあったからね。覚えてないかな？』

「……そーいえば、たすけて、って」

死ぬ間際の幻聴かと思ってたけど、そうじゃなかったのか。

そう思って確認すると、その鳥はこくんと頷いた。

『そう、どうしても手伝って貰いたいことがあってね。そうしたら、僕らと会話する素質がある人間の魂が、ちょうど肉体の滅びを迎えていたから、こっちに引っ張り込んだんだ』

「てことは、やっぱり、おれ、しんだんだ？」

『あのままだと、確実にそうなってただろうね。世界を渡る間に肉体が再構築されて、その姿で蘇生されたんだ』

そうか。じゃあ俺は、いわば異世界に転生した異世界人ってことになるのか。

『おっと、自己紹介がまだだったね。僕はトゥーリ。世界を渡り、魂を運ぶ渡り鳥さ。死鳥《しちょう》、なんて物騒な呼び方をする輩もいるけどね』

「そ、そうなんだ……おれは、そーた。よろしく」

実際、死んだ俺のところに現れたんだから、あながち間違った呼び名とも言えない気がする。

『ソータか、よろしく。さて、話が逸れたが、そんな僕がなんで君をこの世界に招いたのか、その理由を教えよう』

「ごくん……」

俺が実質一度死んでいることは分かったけど、どうして異世界にまで招かれたのかはまだ分かってない。

こんな子供の体で出来ることなんて限られるだろうけど、一体どんなお願いを……。

『君の後ろでぐーすか眠っているその寝坊助をね、起こして欲しい』

「……えっ」

あまりにも予想外の理由に、俺は目を瞬かせた。

えっ、寝坊助を起こす？　寝坊助って、この巨大猫を？　起こす？　……えーっと。

「……それだけ？」

『それだけというけど、大変なんだよ？　そいつは一度寝たらなかなか目を覚まさないからね、魂を運ぶ以外に何の力もない僕のような存在では、いくらつつこうと全く気付きやしない。仕方ないから、この事情を話せる人間を探して、魂ごとここに連れてくることにしたんだ』

「…………」

何だろう、酷《ひど》い理由を聞いてしまった。

そんなことで、人一人転生させてもいいんだろうか？

『ちなみに、本当にただ寝ているだけなら無視しても構わないんだけど、今回のそいつはちょっと困ったことをしていてね……天候を操る能力を垂れ流しにして眠っているせいで、この地域一帯がもう既に何ヶ月も雨が降っていない。このままだと、そいつの寝坊で不毛の大地になってしまう』

「えっ」

何ヶ月も？　この猫、そんなに長い間寝てるの？　しかも、そのせいで森が消滅の危機!?　思った以上にヤバい問題だったぞ。

「わかった、てつだう。どうすればいい？」

よく考えてみれば、理由はどうあれ俺を助けてくれたことには違いないんだし、起こしてやるくらいのことはやってやらないと不義理だよな。

ばあちゃんの教えの一つ、男なら困ってる人を見捨てるな、だ。

『具体的にどうすればいいというのはないよ。どんな手を使ってもいいから、起こしてやって欲しい』

「わかった」

ひとまず、俺は巨大猫の頭の方へ向かい、その耳元で叫んでみる。

騒音で驚かせるのは、目覚ましの基本だからな。

「あさらよーーーおきてーーー」

精一杯声を張り上げてみるんだけど……この小さな体じゃあ舌が回らないだけじゃなく、そもそも声を張り上げるのが難しい。

ロクに響かない俺の声を聞いて、トゥーリはちょっとだけ申し訳なさそうな顔（？）をした。

『いや、すまないね……世界を渡った時に、ソータが溜め込んだ〝時間〟のエネルギーがほとんど失われてしまったから、どうしても再構成されるのが子供の体になってしまったんだ。もう少し〝近い〟世界なら、大人の体で来ることも出来た……かもしれないんだけど』

断言せずに微妙に間があるのが怖いな……。

「こえがだめなら、ちからずく！」

ともあれ、今はまず目の前の猫を起こさなきゃならない。

俺は猫の頭をべしべしと叩き、何とか起こそうと声を張り続ける。

でも、全然起きる気配がない。

「おきろーーー」

猫の上に乗り、もふもふとした毛の中で飛んだり跳ねたり転がったり、可能な限り強い刺激を与えるべく奮闘する。

はあはあぜえぜえ、と乱れた呼吸を整えながら、改めて猫の様子を見るが……やっぱり、ピクリとも反応していなかった。

「……おれの、ちからじゃ、むりそうなんだけど……どうすゆ？」

『……どうしようか』

セカンドプランは何も考えていなかったのか、俺の問い掛けにトゥーリは困ったように呟く。

あまりにも情けないその返答を聞いて、俺は思わず「えー」と呆れ顔を向けるのだった。

＊

アルフォート王国、セントラル伯爵領。

肥沃な大地に育まれた広大な穀倉地帯を有し、〝王国の食糧庫〟の異名すら持つこの地であるが、現在大きな問題を抱えていた。

大自然の猛威――三ヶ月前から続く強烈な日照りである。

「暑い……飲んでも飲んでも喉が渇くな、全く」

空になった水筒を傾け溜め息を溢《こぼ》しながら、一人の青年が森の中を進む。

彼の名は、サリル・ノイマン。セントラル領で活動する魔物学者だ。

まだ二十歳になったばかりの若造であり、学者としての知名度はまだまだゼロに等しいが、ある意味ではそれなりに有名人だった。

というのも、彼の実家は古来より王国を支え続ける重鎮、ノイマン公爵家なのだ。

そんな彼が、なぜこんなところで学者として活動しているのか。それには、いくつか理由があった。

一つは、彼が家を継ぐ予定のない三男坊であるということ。

もう一つは、独り立ちするのに家の力を借りることを、彼が良しとしなかったからだ。

自分の力だけで、ノイマン家の威光にも負けないほどの功績を打ち立てて見せる——それが、サリルの目標だった。

そのために、王宮に職を用意するという両親の申し出を断り、幼い頃から人一倍優れていた頭脳を活かせる学者という道を志したのだ。

もっとも、学者の道は彼が想像していたよりもずっと肉体労働だったために、現在このような場所を歩いているのだが。

「だが、後少しでこの暑さともおさらばだ。日照りを解消出来れば、伯爵から褒賞金が出るしな」

セントラル領は、農作物の生産とその交易で成り立っている町だ。当然、作物を育てるには大量の水が必要であり、長く続く日照りはそれだけで領内の経済に致命的な損害を与え得《う》る。今回の場合、例年であれば雨季を迎えるはずの時期だったのだから尚更だ。

そんな大問題を解決すべく、伯爵はこの異変を解決した者に、莫大な褒賞金を約束した。サリルはそれを狙っており……それこそ、彼がここで汗だくになりながら必死に森を歩いている、最大の理由だった。

「しかし、随分歩いたはずなのに、全然目的の場所に着かないな……他にも大勢ライバルがいるらしいし、急がないと」

この褒賞金を狙っているのは、何もサリルだけではない。

領内外を問わず、様々な気象学者、魔物学者、魔法学者などがこの問題に取り組み、褒賞金獲得を目指して血眼になっている。

どいつもこいつも結局金か、と思われるかもしれないが、仕方ないのだ。

学者とは、とにかく金のかかる仕事なのである。

「まあ、日照りの本当の原因に気付いているのは俺くらいだろうし、大丈夫だろうけどな」

個人としてはまだ目立った実績のないサリルだが、実のところ公爵家にいた頃から既に学者として結果を残している。

そのうちの一つが、〝魔力を多く持った生命体を好んで襲う〟という魔物の習性を解析して作った、特製の魔物避けである。

これを使えば、一定時間はいかなる魔物からもその存在を感知されず、襲われることはなくなるという画期的な代物。生産コストがかかりすぎるために量産はされておらず、開発した際の年齢がまだ幼かったために彼の名前が表舞台に出ることはなかったが……その功績は、彼を〝天才〟であると自認させるには十分過ぎた。

そんなサリルが、今回の日照りの原因と睨んでいるのが、この森に棲むという魔物達の頂点、〝神獣〟の一体。天候を操り、大地に豊穣をもたらすとされる神の遣い――〝天猫《てんびょう》〟である。

天猫の能力を解析し、無力化することで日照りを終わらせる。それが、サリルの狙いだった。

「……こっちか」

方角を示す磁石と地図、加えてもう一つ、自ら開発した方位魔針――強大な魔力に反応してその方向を教えてくれるアイテムを使い、サリルは森を進む。

奥へ進むごとに、ジリジリと増していく暑さを肌で感じる。

一方で、森の入り口付近ではしなびて枯れ果てていた植物達が、逆に旺盛な生命力で緑豊かな空間を形成していく状況に、サリルは強い興味を覚えた。

「天猫の力は大地に豊穣をもたらす……本当だったのか。気温の上昇はあくまで副産物で、だからこそ自身の影響下にある植物だけが元気になり、距離が離れると熱にやられ始める、ということか？　それとも、気温の上昇と植物への影響はまた別の力か……ふむ……」

メモを取り、考察を深める中で、益々天猫こそが日照りの原因だと確信を深めていく。

同時に、もうすぐ神にも等しい獣と対峙するのだという事実が、彼に強い期待と恐怖をもたらした。

「大丈夫だ、神獣といえど分類上は魔物と変わりない、俺の存在は道端の石ころのように認識しづらくなっているはずだ。それに、何も力尽くで討伐しようっていうわけじゃない、あくまで遠巻きに採取した魔力から能力を解析するだけだしな」

自分に言い聞かせながら、サリルは改めて己の状態をチェックしていく。

魔物避けは、お香タイプと塗り薬のタイプを改めて自身にかけ直し、周囲に漂う魔力を吸収・保存するための魔水晶に異常がないかをチェック。後は、いざという時即座に逃げ出す心構えだけしておけば、何も問題はない。

「よし！」

準備万端だと、サリルは更に森の奥へ向かって歩を進める。

やがて、木々が折り重なり、緑の洞窟のように空を覆った神秘的な空間に足を踏み入れた彼は、ついに目標を発見した。

白い毛に覆われた、巨大な猫の姿を持つ神獣。今この瞬間も絶大な魔力を周囲に撒《ま》き散らし、遠目に眺めているだけで足がすくみそうなほどの圧を放っている存在――天猫を。

「眠っているのか。ツイてるな」

体を横にして寝息を立てる天猫の姿に、サリルは歓喜の声を上げる。

離れた場所から魔力を採取するのが関の山だと考えていたが、これならもっと間近で高純度の魔力や、体毛の一部も採取出来るかもしれない。

恐怖を期待が上回り、ウキウキとした気持ちで近付いていくと……そこでふと、おかしなものを見付けた。

明らかにブカブカのサイズが合っていない服に身を包んだ、年齢にして三歳程度の幼い子供である。

「……は？」

サリルの思考が固まり、足が止まる。

なぜ、こんな森の奥深くに、子供がいるのか。

なぜ、魔物に襲われることもなく、平気な顔で生きていられるのか。

なぜ……ぐっすりと眠っている神獣に張り付き、両手で掴んだヒゲを今にも引き抜かんばかりに引っ張っているのか。

「お～き～ろ～」

「ちょっ、待てぇぇぇ!?」

舌足らずな口調で呟く子供に、サリルは大急ぎで駆け寄った。

子供の傍にいた鳥が身の危険を感じたかのように飛び去ったのを横目に、サリルは子供を抱きかかえてその場を離れる。

「お、おまっ、お前!!　何をしてるんだ？　何をしようとしてるんだ!?」

「……？　なにって、おこすんだよ？」

あれを、と、子供は真っ直ぐに天猫を指差す。

それを聞いて、サリルは頭痛を堪《こら》えるように空を仰いだ。

Zzzz…
!!?

「起こしたら駄目だろ⁉　あれがどれだけ危険な存在か知らないのか⁉」

自分で言いながら、こんな子供が知るはずがないか、と自答する。

どう説明するべきか、と答えを待つ前から頭を悩ませるサリルに、子供はあっけらかんと言い放った。

「しってる。みんな、ひでりでこまってる」

「そうだよこいつが日照りの原因で……は？」

子供の口から飛び出した思わぬ発言に、サリルはポカンと口を開けたまま固まってしまう。

どうして、こんなにも小さな子供が、セントラル領内ですら主流な考えではない日照りの原因について知っているのか。

そんな疑問に答えるように、子供は空を指差す。

「とーりが、おしえてくれた。このままだと、たいへんだから……おこすの、てつだってって」

「とーり……」

指の先に目を向けると、先ほどの紫の鳥が木の枝に留まっているのを見付けた。

「……鳥のことか？」

「ちがう、とーり」

「そうか、鳥だな」

「とーりｊ！」

ムキになって何度も訂正しようとする子供に、ほっこりと温かい気持ちが湧き上がり、そうか、と微笑みつつ……今はそれどころじゃないと、サリルは頭《かぶり》を振った。

「待て、鳥が教えてくれたってどういうことだ？　まさか会話が出来る……なんてことあるわけないか。というか、そもそもお前は何者なんだ？」

鳥と喋れる喋れない以前に、そもそもこんなところに子供がいること自体が異常なのだ。

少しでも情報を得ようと問いかけると、子供はこくりと頷きながら答えた。

「おれは、そーた。おまえ、なまえは？」

「俺か？　俺はサリルだ。……それで、お前は一体……」

「そりぇはいまどーでもいい」

何者なんだ、と改めて問おうとしたサリルだったが、今度は子供――ソータの方がそれを遮った。

困惑するサリルに、ソータは無駄に堂々とした態度で言い放つ。

「ちょうどいい。おまえ、おこすのてつだぇ！」

「……は？」

無駄に偉そうなその子供に、サリルは益々戸惑いの感情を大きくするのだった。

＊

「いいか？　天猫ってのは、とんでもない力を秘めた化け物なんだ。悪いことは言わないから、そっとしておいた方がいい」

俺がトゥーリと一緒に巨大猫……天猫を起こそうと奮闘していたら、運良く二十歳くらいの若いのが通りかかった。なんでも、こいつはこいつで日照りを解消するために動いているらしい。

ちょうどいいから、天猫を起こすのを手伝って貰おうと思ったんだが、どうもコイツは起こすことに反対の立場のようだ。

だが、甘い。俺だって、元は一度故郷を捨てた（と思われていた）ことで周囲から嫌われていた状況で従業員達を説き伏せ、纏め上げた人間だからな。若造一人の説得なんて、赤子の手をひねるより容易《たやす》い。

「しってゆ。でも、このままほーっといたら、またおなじことあおきゆど!!」

「……なんだって？」

「……おなじことあ、おき、ゆ……あああ～!!」

〝放っておいたらまた同じことが起きる〟って言いたいだけなのに、それが全然出来ない!!

この全然回らない舌、今すぐ引っこ抜いて新品に変えられないかな⁉　いや、この場合は新しすぎて駄目なのか？

「ま、まあまあ落ち着け、ほら、水あるぞ？　飲むか？」

「あいあと」

サリルから水の入った水筒を受け取り、くぴくぴと飲む。

その間、サリルがじーっと俺のことを見ていたんだけど……何か言いたいことでもあるんだろうか？

「ぷあ……とーり、かわりにはなして」

自分で話すことは難しそうなので、ひとまずトゥーリに通訳をお願いしてみる。

けれど、返ってきた答えは無情だった。

『僕が人と喋れたら、ソータのことを呼んだりしてないよ。そこのサリルみたいな人間に直接助けを求めればいいだけだからね』

「……そーいえば、そーいってた」

ってことは、この回らない舌でどうにか会話しなきゃならないのか……。

「……なあ、さっきから思っていたんだが、その鳥と話せるのか？」

「うん。ねこもまかしぇろ」

ひとまず簡潔に意思を伝えるために、言葉遣いも少し変えてみる。

オーバーなくらい胸を張り、自信ありげな姿を示すと、サリルは少し考える素振りを見せ始めた。

「分かった、俺としても良いデータになりそうだし、協力しよう。だが、寝起きでいきなり目の前に立っていたらどういう反応になるか分からない、まずは隠れて様子を見るぞ」

「うん」

「よし、いい子だ」

こくりと頷いたら、サリルから頭を撫でられた。

……子供扱いされてるみたいで複雑な気分だ。いや、今の俺はどこからどう見ても子供ではあるけど、でも実年齢はコイツより上なんだよ本当は!!

「それじゃあ、始めるぞ」

俺が悶々と悩んでいる間に、サリルが天猫の周りに何やら道具を設置し始めた。

フラスコにも似たガラス容器を、何だそれ、と思いながら見ていると、それに気付いたサリルが説明してくれる。

「これは俺が作った、魔法の効果を高めるためのマジックアイテムだ。これがあれば、俺くらいの魔力でもそれなりの威力が出せるようになる」

「まほー……ほほー……」

「なんだ、魔法を見るのは初めてなのか?」

「うん」

こくこくと頷くと、サリルは更に詳しく色々と教えてくれる。

この世界の魔法は、才能があれば一般人でも学べるくらいには普及しているらしい。

生まれつき体内に備わった、〝魔力〟という魔法の素になるエネルギーの多寡で素質を判断し、お金を払って教師に教えて貰うんだと。

ただ、一般人が覚えられる魔法には制限があって、貴族でもない限りはあまり強力な魔法は覚えられないんだそう。

まあ、その貴族でも個人差が激しくて、制限を食らうほどの魔法を扱えるのはごく一部みたいだけど。

「それを覆すのがこの、魔力増幅器だ！　下級クラスの魔法でも、中級クラスにまで威力を引き上げることが出来る‼」

「お〜！」

下級とか中級とか言われてもさっぱり分からないが、多分凄いことなんだろう。少なくとも、サリル自身は褒めて欲しそうだ。

なので、俺は全力で手を叩いて歓声を上げてみたんだが、ここまで反応されると思っていなかったのか、サリルは照れたように頬を掻《か》く。

ふふふ、ちょろいな。可愛いやつめ。

「それじゃあ、行くぞ」

上機嫌で仕事を進めたサリルが、俺と一緒に木の裏に退避し、地面に手を置く。

褒めた言葉は嘘だけど、生まれて初めて見る魔法に興味があったのは本当だ。内心でワクワクしながらその様子を眺めていると、パチッ、と唐突に光が瞬いた。

「《覚醒《アラーム》》」

光が地面を走り、地面に設置されたフラスコもどきに触れた瞬間、その光を一際強く輝かせながら天猫の周りを一周。幾何学的な魔法陣を地面に浮かび上がらせ……天猫を呑み込む光の柱が、天高く立ち上った。

「わっ、わわっ、しゅご……!!」

「ふふん、凄いだろう？　俺にかかればざっとこんなものだ」

「こんなすごいまほーで、ねこ、だいじょぶ？」

「それは大丈夫だ。使ったのはあくまで気付けの魔法、気絶していたり眠っていたりする人間を起こすための魔法だからな」

「…………」

この派手な見た目の割に、効果は地味過ぎない？

まあ、本来はもっと小規模な魔法を増幅したって言ってたし、こんなものなんだろうか。

「っと……どうやら、ちゃんと効果があったみたいだな。動くぞ！」

サリルの声に反応して、俺も天猫の方を見る。

光が徐々に収まり、森に元の静けさが戻っていく中、光の先で天猫の巨体がゆっくりと起き上がる。

『にゃおぉぉぉん』

ビリビリと大気を震わせる鳴き声によって、サリルが設置していたフラスコもどきが一斉に割れていく。

森全体が怯えているかのようにざわめき、鳥達が驚いて一斉に飛び立った。

……逆に、トゥーリは俺の頭の上に降りてきたけど。いや、そこは普通肩じゃない？　サイズ的に難しいのは分かるけどさ。

「くっ、やはり無理やり起こしたせいで怒らせてしまったようだな……ソータ、残念だが作戦失敗だ、逃げよう」

「んーん、だいじょぶ。ねこ、あくびしてるだけ」

「は？」

あれ、と、俺は天猫を指差す。

天候を操る化け物、という前振りに違《たが》わない凄まじい迫力ではあるけど、本当にただ欠伸《あくび》してるだけなのだ、あれは。

『んん〜〜よく寝たな……む？　なんだこれは、見知らぬ残骸が落ちているな……それに、眠る前よりやけに植物が多いような……』

きょろきょろと辺りを見渡し、少し戸惑っている様子の天猫。

その様子を、サリルは渋い表情で見つめていた。

「俺の目には、無理やり叩き起こした犯人を探して苛《いら》ついているようにしか見えないんだが」

「えー」

言葉が分かるのと分からないのとで、こんなにも受ける印象は変わるのか。

『ソータ、取り敢えず、寝惚《ねぼ》け過ぎていきなり暴れるような心配はなさそうだ。あのアホ猫に小言の一つも言ってやってくれ』

「わかった」

新しい発見をちゃんと頭の中に仕舞い込んだ俺は、ひとまず天猫の前に出ていくことに。

「はなしてくゆ、まってて」

「おいこら待て、危ないぞ！　……ああもう！」

待っててくれれば良かったのに、俺と一緒にサリルまで天猫のところに向かってくれた。俺とは今さっき偶然会っただけなのに、優しいやつだな。

『む？　お前達は人間か？　なぜここに……』

『なぜ、じゃあないよ。全く、この寝坊助め』

近付いてきた俺達を見て、首を傾《かし》げる天猫。そこへ、トゥーリが声をかけた。

未だに僕の頭に乗ったままのトゥーリを見て、天猫は楽しげに口を開く。

『おお、死鳥の。久し振りだな』

『その名はやめろと言っているだろう。それに、何が久し振りだ、ここのところ毎日通い詰めていたよ』

『む？　毎日？』

『お前が三ヶ月も寝たままだったから、起こすのに苦労したよ。せめて力を〝閉じて〟から寝てくれ、危うく森がなくなるところだった』

お前の周囲以外はな、と、トゥーリが呆れ声で言う。

それを聞いて、天猫はポカーンと口を開けたまま固まった。

『三ヶ月……？　三ヶ月だとぉぉぉ!?』

ビリビリと大気を震わせる大声が、天猫の口から放たれる。

あまりにもうるさくてつい耳を塞いでいると……そんな俺を、サリルがひょいと抱え上げた。

あれ？

「やっぱり怒ってるじゃないか!!　逃げるぞ!!」

「ま、まって、まって、ちがうからっ」

どうやら、天猫の絶叫を怒声と勘違いしたらしい。

ぺしぺしと背中を叩いて落ち着かせると、ひとまずは木の陰に隠れたところで止まってくれた。

一方で、天猫とトゥーリは話し合いを続けている。

『え？　私は本当に三ヶ月も眠っていたのか？』

『そうだよ。僕が一ヶ月間身体中をつつき回しても起きなかった』

さらりと凄い情報が飛び出してきたな。一ヶ月も全身つつかれて起きないって、どんだけ鈍いんだ。

『仕方ないから、僕の言葉が届く人間の魂を探して、ここに連れてくる羽目になったよ。あのまま放っておくと、人と神獣の争いに発展するかもしれなかったし』

『トゥーリの言葉が届く人間だと？　そんなもの、本当にいたのか？　ここ数百年は見たことがないぞ』

『ああ、探すのに随分と苦労したよ、異世界まで探しに行くことになったからね。でも、ちゃんと見つけたからこうして君を起こせたんだ、ほら、そこにいる小さい方がそうだよ』

ここに来て再び、天猫の視線が俺の方に向いた。

それを受けて、俺も軽く頭を下げておく。

……サリルに抱えられたまま。

「そーた、です。よろしく」

『……本当に、言葉が話せるのか。いや、すまない、ソータと言ったな。私は天猫のハクだ。

どうやら、迷惑をかけてしまったようだな。まさか私の昼寝で、異世界人まで呼び込むことになるとは……』

「おきになしゃらず」

ぶっちゃけ、トゥーリに拾われなければあのまま死んで終わってただろうしな。

その意味では、こうして異世界転移なんて奇怪な体験が出来た上で、命まで繋げて貰ったんだ。文句を言うつもりはない。

「本当に、神獣と喋ってるのか……？　意味が分からない……」

俺と天猫……ハクの様子を見て、ちゃんと言葉が通じているとやっと理解してくれたんだろう。サリルが呆然としていた。

何か言葉をかけてあげたいところだけど、今はそれよりもまず……。

「しょれで、はく。あめ、ふらせる？」

ハクを起こしたのは、この森とサリルの町が日照りで苦しんでいたからだ。まずはそれを解消しないと。

『おっと、そうだったな。任せるがいい、すぐに終わる』

そう言って、ハクは空に向かって甲高い鳴き声を上げた。

その途端、さっきサリルが見せた魔法よりずっと強い輝きが視界を埋めつくし、青い光の柱となって空を貫く。

その途端、雲一つなかった空はみるみるうちに暗雲に覆われ、ポツポツと雨が降り始めた。

『ここでは全員濡れてしまうだろう。ひとまず、私の雨宿り用の寝床に案内する、ついてこい』

ハクが先導するように、森の奥へと歩いていく。

後を追うべく、俺はサリルに声をかけた。

「さりる、はくが、ねるとこいくって！　ついてく！」

「あ、ああ、そうか……」

「どーしたの？」

単に言葉が通じていなかったという以上に、衝撃を受けて固まってしまった様子のサリルを見て、俺は首を傾げる。

すると、サリルは乾いた笑みと共に、こう言った。

「いやな……まさか、本当にただ起こしただけで日照りが解消するなんて思ってなくて……これをそのまま報告しても、誰も信じてくれないだろうな、と……」

「……いっしょに、いいわけ、かんがえよ」

サリルの気持ちは、俺にも痛いほど分かる。どっちかというと報告を受ける立場だったとはいえ、現場勤めも何年かしたからな。間違いなく理解されないと分かっている報告ほど辛いものはない。

どうしよう、と途方に暮れるサリルを、俺はポンポン、と肩を叩いて励ますのだった。

＊

ハクの案内で、降りしきる雨を避けて腰を落ち着ける場所……大きな木の洞《ほら》にやって来た俺達。

人一人どころか、見上げるほどに大きなハクが入ってなお余裕があるほどの洞を持ちながら、平然とそこに立ち続ける木……もはや、世界樹か何かかと問いたくなるほどに大きいけど、これでも元は普通の木だったらしい。

なんでも、ハクの力を受けてここまで成長したそうなんだけど、ただの木をここまで成長させるとか、どれだけ凄まじいんだ。

『さて……改めて、迷惑をかけたな。そこの人間も、言葉は通じないだろうが謝罪しよう。私に出来ることであれば、埋め合わせは何でもする』

そんな洞の中で、ハクが俺達に頭を下げた。

俺はさっきと同様、お気になさらずと返す他ないんだが、肝心なのはサリルの反応だ。

異世界から連れ込まれただけ……いや、これも大概だが、代わりに命を助けられた俺と違い、サリルは純粋に迷惑を被っていた立場だ。怒っていてもおかしくない。

そう思ったんだけど、サリルは特に怒っていなさそうだ。俺が通訳することでハクの謝罪の意を伝えると、必要ないと首を横に振った。

「幸いというか、まだ致命的な被害は町に出ていないし、今回の件を上手く報告出来れば報酬を貰える立場だ。俺個人としてとやかく言う気はない。ただ……報告するために、もう少しまともな原因と、対策案を纏めるのを手伝って欲しい……」

「さっき、いってたやつ」

話を聞く限り、サリルは今回の日照りを解消するために派遣された学者の一人らしい。

領主付きというわけではなく、フリーの学者である彼が報酬を受け取るには、間違いなく自分がこの問題を解決したと証明できる証拠と、今後の対策案を纏める必要がある、とのこと。

「はく、つれてけば？」

それを聞いて、俺が真っ先に考えたのは、騒動の原因であるハクを町に連れて行き、サリルが間に立って和解するのはどうかというもの。

あれこれと考える必要すらない、一番手っ取り早い方法なんだが……。

「それはダメだ。神獣が迂闊《うかつ》に人の町に近付いてみろ、領主軍と全面衝突してもおかしくないぞ……」

何でも、この世界における〝神獣〟の立場はなかなかに複雑なようで。土地神として少数民族から崇められていたり、逆に国を滅ぼした大災害の象徴として恐れられていたりと、個体や場所によって全然扱いが違うんだそう。

そして、サリルの出身地……もとい、俺達の現在地でもあるアルフォート王国において、神獣は分類上、人を襲う危険な魔物と同じでありながら、神聖不可侵な災厄の化身として畏れられているんだとか。

「そのあまりにも強すぎる力もあって、個人や団体、貴族問わず手出しを禁じているだけというのが現状だ。下手に刺激して、神獣の襲撃に遭えば多大な被害が出てしまうからな。だが裏を返せば、それほどの力を秘めた存在が人里にやって来たら、誰もが国の存亡を懸けて攻撃してくるということでもある」

「ふみゅ」

ハクが人里に近付けば、軍隊が出張ってきて戦争になるかもしれない、と。

俺やサリルが間に立てればいいけど、こんな子供と若者の二人で何を言ったところで、すぐに争いを止められるかというと……難しいだろうな。

ただ、今の話で一つ気になったことがある。

「……さりる、なんで、はくのとこ、きた？　だめじゃない？」

そう、下手に刺激して町にまで被害が及ぶことを恐れて〝不可侵〟としているのなら、サリルがハクに接触するのも褒められた行為じゃないと思うんだが。

そんな俺の指摘に、サリルはそっと目を逸らした。

「……結果さえ出せば、納得して貰えるだろうと思ったんだ。禁じられていると言っても、法で縛られているわけではないからな」

「えー……」

「じ、実際に日照りを止められたんだからいいだろう⁉」

俺は間違っていない！　と、サリルは声高に主張する。

まあ、確かに間違っていなかったんだが、それは結果論で……まあ、今はいいか。

「なら、どーやって、なっとくさせる、つもりだった？」

「天猫……ハク様の力を解析して、同種の魔法を開発するか、力の影響を封じ込める反魔法《アンチマジック》をぶつけて、日照りを解消する予定だった。そうなる前に、収まってしまったんだがな」

「ほほー」

それがどれだけ難しいことなのか、専門外の俺にはよく分からないが……サリルの口ぶりからして、並大抵のことじゃないんだろう。

それでいて、必ずやり遂げる自信があったと、その眼差しがこれでもかと語っている。

「なんにち、かかる？」

「む？」

「はくの、かいしぇき。なんにち？」

「……解析だけなら数日中には。開発も含めると、試作魔法の完成までで一ヶ月ほどの予定だった。だが、それがどうした？」

「ふみゅ」

腕を組み、足先でとんとんと地面を叩きながら、頭の中で考えを纏めていく。

……一ヶ月は長いな。だけど、短縮しろと言って短縮できるものなら苦労はないだろうし
……よし。

「さりる、よてーどーり、まほー、かいはつしりょ。それで、りょーしゅなっとく」

「言いたいことは分かるが、それには一ヶ月はかかると言ったろ？　いくらなんでも、雨が降って一ヶ月も遅れて提出した成果が認められるとは……」

「てきとーなの、でっちあげりょ。しろーとがだましぇれば、それでいい」

「は⁉　適当な偽物で領主を騙《だま》せと⁉」

「だます、ちがう。あとで、ほんもの、わたせばいい」

争点は、〝寝坊したハクを起こしたというだけでは成果としての証拠がなく、信用されない〟というところだ。ついでに、単なる寝坊じゃ人間側で対策が取れないのも問題だろう。

でも、サリルのお陰で日照りが解消されたのは事実だし、対策魔法だってサリルは開発する自信があるようだし。

なら、とりあえず今を凌《しの》ぐための嘘くらい、方便だろう。

「そりぇに。まほーのこうかは、うそだって、しょーめーできない。ちがう？」

ハクの魔法を打ち消す魔法が本物だって証明できるのは、ハクの魔法を打ち消した後だ。

そして、領主達は危険過ぎてハクに会えない。なら、適当にでっち上げた魔法が本物かどうか証明することも不可能だ。

「それはそうだが……」

「ふあんなら、もりにいこーって、てーあんしちゃえ。はくがいれば、しょーめーはかんたん」

ハクが使った魔法を、サリルの魔法が打ち消したフリをする。ハクが味方ならやりたい放題だろう。

そうやって稼いだ時間で、今度こそ本物の反魔法《アンチマジック》を作り上げて、「改良しました」とかなんとか言って差し替えて貰えば完璧だ。

「確かに……そうかもしれないが……」

「いや？」

俺の偏見かもしれないが、学者というのはその発言が社会に与える影響が大きいだけに、自分の言葉に無駄に責任を感じる人間が多いような気がする。最初から騙すつもりで嘘を吐《つ》くのなんて、矜持《きょうじ》が許さないのかもしれない。

そう思ったんだが、サリルは心底複雑そうな顔で首を横に振った。

「ソータ、お前……そんな小さいのに、どうしてそうせこい……いや、卑怯……違う、搦《から》め手のような手段ばかり思い付くんだ？　これまで、どういう生活をしてきたらそうなる？　そもそも、こんな森に一人でいることもそうだが……困ってるなら、力になるぞ？」

「………」

どうやら、俺の考えた手がとても子供の考えるようなものじゃなかったことで、サリルを不安にさせてしまったらしい。

そこで俺を不審がるのではなく、心配するところにサリルの人の良さが滲《にじ》み出ているな。感心するよ。

ただ、うん……撫でるな、抱き締めるな、慰めようとするな！　それこそ、俺が騙してるみたいで心苦しくなるだろうが!!

＊

ソータ達と別れたサリルは、そのまま真っ直ぐ町を目指して森を抜けた。

その道中、ずっと考えていたのは、森に残して来たソータのことだった。

（本当に、置いてきて大丈夫だったんだろうか？）

町でハクの力を解析し、即席でそれらしい反魔法《アンチマジック》をでっち上げるという方向で話を纏めた後、ソータは自ら森に残ると宣言した。

サリルは町まで連れていくと言ったのだが、ソータ自身にそれは出来ないと拒否されたのだ。

――このくにでうまれたわけでもないのに、おれがまちにはいれりゅの？と、ごもっともな問いに答えることが出来なかったために。

（いや、町に入るだけなら問題なく出来る。通行料は取られるがそれだけだ。だが……そこから、どうする？）

当たり前だが、人一人が生きるのに必要な金は少なくない。サリル自身、自分の生活費と研究費を捻出するために、元は公爵家の人間だとは思えないほどに寂しい懐事情を抱えている。

実家を頼ろうにも、半ば絶縁状態の今、どこの誰かも分からない子供を育ててくれと押しかけられるわけもない。

そんなサリルが、ソータを育てられるのか？　と問われれば……ノーと答える他ないだろう。

（とはいえ、それであんな小さな子を森に残して来るというのは……神獣達が世話をしてくれると言っていたが、それもどこまで信用出来るやら……）

今思い返しても、奇妙な子供だった。

神獣と会話が出来る、という力もそうだが、舌ったらずな口調から何とか読み取れる言葉の端々から、あまり子供らしくない、大人顔負けの知性が窺える。

捨て子にしては悲愴感《ひそうかん》もなく前向きで、自分が森にいることに何の疑問も覚えていないかのような自然体。

かと思えば、サリルから渡された水を何の躊躇《ちゅうちょ》もなく飲んでみたり、魔法を見て瞳を輝かせたりと、年相応の無邪気な一面を表に出すこともある。

特に……会話が出来るからと、恐るべき力を秘めた神獣を相手に、何の物怖《ものお》じもせず堂々と話しかけ、あまつさえ世話になると言い切るあの度胸は、無知な子供でなければありえない無謀さだ。

総じて、見た目と性格、言動がいまいち一致せずチグハグで、あるいは人間ではないのかもしれないとすら思えて来る。

(神獣と会話出来る能力があるという時点で、おかしな話だしな。森に棲む精霊か何かなのかもしれない。いや、もしそうならそれはそれで凄いことなんだが。……というか、なんで俺はたまたま森で遭遇しただけの子供をこんなに気にしてるんだ、俺には関係ないだろう。そりゃあ、結果として日照りの解消を手伝ってくれた上に、俺が報酬を受け取れるようにあれこれとアドバイスをくれたわけだが、それでも……)

「よお、サリル！　無事だったか！」

「っと、ガードンか」

あれこれと考え事をしながら、町の中へと出入りする門に到着したサリルは、同じように町に入るための順番待ちをしていたらしい大男に声をかけられた。

浅黒く日に焼けた肌を持ち、盛り上がった筋肉に支えられた肉体を目にすれば、戦闘を生《なり》業《わい》にする騎士か狩人だろうと誰もが一度は考えるだろうが……実は全くそのようなことはなく、ただの商人である。

よく品物を買わせて貰っていることもあり、彼とは長い付き合いのあるサリルだが、未だにその筋骨隆々の肉体が放つ圧には慣れない。

「心配してたぜ、お前が神獣を探して森に向かったたって話を聞いてたからよ。その落ち込んだ様子を見るに、間に合わなかったみたいだな？」

そう言って、ガードンは空を見上げる。

厚い雲に覆われ、しとしとと降り続ける雨。町の外を出歩く人間にとっては本来、鬱陶《うっとう》しいことこの上ない天候であるはずだが、長らく続いた日照りの影響もあってか、ガードンはそんなデメリットさえ喜ばしいと言わんばかりに明るい表情を浮かべている。

否、ガードンに限らず、この雨を喜ばない人間など今この町にはいないだろう。

もし、いるとすればそれは――サリルのような学者が、その能力を尽くしてなお届かなかった雨降らしという偉業に、複雑な思いを抱くくらいだ。

もっとも、サリルはその数少ない例外だが。

「違うって。いや、そうだとも言えるが……落ち込んでいるわけじゃないから心配するな」

「そうか？　まあとにかく、この雨はお前みたいな連中が必死に奮闘してくれた結果だ、元気出せ」

「ありがとう、ガードン」

バシバシと背中を叩かれながら、サリルは数少ない友人に礼を伝える。

そこでふと、以前会った時に交わした会話を思い出す。

「そういえばガードン、お前、日照りで作物が育たないなら、それはそれで商機だとか言って何か企んでいたよな？　あれはどうなったんだ？」

「ああ……それに関しちゃあ少し失敗だったかな。領内の農地を立て直すために、種や苗を色々と仕入れてみたんだが……この分だと、それほど需要はないかもしれんな」

やれやれ、と、ガードンは肩を竦《すく》める。

彼のことなので、上手く行かずとも損になるような買い方はしていないのだろう。その様子を見るに、大儲け出来なくてがっかりというよりは、そんな事態にならなくて良かったという気持ちの方が強そうに見える。

「……少し、買わせて貰ってもいいか？　何日か後になると思うが」

「ん？　別に構わないが……どうした、金が無さすぎてついに自給自足でも始めるのか？」

「頼まれたんだ、買ってきて欲しいってな」

町に戻るにあたって、サリルはソータから頼まれ事をしていた。

それは、農作業に使える道具や種、それに調理器具や保存用の容器などがあれば買ってきて欲しい、というものだ。すぐにというわけではないだろうが、いずれは森で自給自足するつもりなのだろう。

セントラル伯爵領は農業で栄えた町であるため、個人用だろうが子供用だろうが欲しければいくらでも買える。

さすがに、推定年齢三歳児相当に向けた商品はないだろうが。

「子供用の、出来るだけ小さい農具と、調理器具と……そうだな、俺が使えそうなやつも見繕ってくれると助かる。ああ、それと、子供服も頼みたい」

「随分と多いな。それに、自分用まで買うなんて……おつかい頼まれただけじゃなかったのか？」

「ちゃんと出来るか不安でな……少し手伝ってやろうかと思ったんだ」

あの小さな体で、農作業など出来るはずがない。

日照りの解消はソータの協力あってのもので、その成果も全て譲ってくれた以上は、これくらいしなければ。

「ふーん……珍しいな」

「何がだ？」

「いや、サリルが他人のためにそこまでするとは思わなくてよ。出先でいい出会いでもあったか？」

先ほど、サリル自身も考えていたことだ。ソータとはあくまで他人同士なのだから、深く関わる必要も、彼の判断を心配する義理もないというのに……ガードンの目から見ても分かるほどに、心配してしまっていたらしい。

その事実を改めてガードンから指摘されたことで、サリルは「んなっ……」と声を詰まらせる。

「か、勘違いするな!! 俺はただ、あいつに恩を売っておけば今後の研究に役立ちそうだと……そう思っただけだ!!」

魔物学者にとって、神獣の研究はいくら願おうと手が届かない一大テーマだ。

何せ、攻撃目的でなかろうと原則神獣への手出しはタブー視されている。法律として禁じられているわけではないが、そのあまりの危険度から誰もが二の足を踏んでいるのが現状だ。

その点、神獣と意思疎通が図れるソータがいれば、何のリスクもなく……これまで、誰もがやりたくとも出来なかったところまで深く、神獣を研究出来るかもしれない。

あくまでそれが目的だと、己に言って聞かせるように叫ぶサリルに、ガードンはにやにやと笑みを浮かべる。

「はいはい、そういうことにしておいてやるよ」

「くっそ……覚えてろよガードン……」

「ははは、怖い怖い。んで、種と農具だったな。流石《さすが》に、この場でポンと渡すわけにもいかねえし、用意はしておくから明日にでも店に来い」

「ああ、わかったよ。とはいっても、俺もやることがあるからな、行けるのはそうだな……三日後くらいになる」

「了解だ」

待ってるぞ、とどこか微笑まし気に口にするガードンに、サリルは盛大に苦虫を噛み潰したような顔を向ける。

彼とはそれこそ、実家である公爵家を飛び出すよりも前からの付き合いなので、良くも悪くも遠慮がなく、子供か何かのように見られている節があるのだ。ガードンの方がずっと年上なので、仕方ない面もあるが。

一足先に検問の順番が回って来た彼の背中を見送りながら、サリルは鼻を鳴らす。

「ふんっ……あいつには今度、サンドワームの丸焼きでも、土産だって送り付けてやる」

ゲテモノ珍味として有名な魔物料理を思い浮かべ、悪い笑みを浮かべるサリル。

そういうところが、成人しても未だに子供扱いされる原因だと気付かないまま、彼もまた検問を受けるために足を踏み出すのだった。

＊

「はく！　とーり！　こんごのはなしをすゆよ!!」

『うむ』

『何かな』

町に戻るサリルを見送り、俺と神獣達……ハクとトゥーリ、合わせて三人だけになったところで、会議を開くことにした。

内容はもちろん、俺の生活についてである。

「いのちをたすけてくりぇたのはかんちゃしちぇりゅけどょ、こんなしゅがたでもりのなかにほーりこまれたしぇきにんはとってくりぇなきゃこまりゅ!!」

『すまん、何を言っているのかよく聞き取れなかった、もう一度頼む』

「むぎ……うぐぐ……!!」

サリルがいなくなって気が緩んだのか、つい前世の感覚で会話しようとしてしまった。どうやら、神獣達にもこの子供ボイスは上手く伝わらないらしい。

ハクの要望にうぎぎと唸っていると、トゥーリから宥《なだ》めるように優しく声をかけられる。

『ほら、落ち着いて、深呼吸して、もう一度ゆっくり』

「わ、わかってゆ」

すぅー、はぁー、と深呼吸して、改めて口を開くべく背筋を伸ばす。

……なぜか、二人の視線がやけに温かい。

やめろ、そんな微笑ましいものを見るような目を俺に向けるな、子供扱いするな!!

「……とーり。いのち、たしゅけて、くれて、ありがと。でも、このままじゃ、せーかつ、できない。たしゅけて」

言葉を区切り、シンプルで伝わりやすい語彙《ごい》で要望を伝える。

異世界人の俺には、この世界で生きていくための生活基盤が一切存在しない。

サリルのところに身を寄せるのも一つの手だったことは確かだが……この世界の人々が〝異文化の移民〟に対してどれくらい寛容なのか、現時点では判断がつかないしな。

まずは俺自身の手で生活基盤を持ち、少しずつ交流する中で適切な立ち居振る舞いを覚えて行った方がいいと思ったんだ。

それに何より……男なら、サリルに甘えて守って貰う立場に甘んじるより、自分の土地を持って自立したい。

体が子供だろうが、心は大人なのだ。甘えっぱなしは主義じゃないのだ。

えっ、神獣達に甘えるのはいいのかって？

これは甘えではない、こいつらを助けた見返りに、今度はこっちが生活の手助けをして貰う、正当な取引だ。オーケー？

『任せるがいい。しかし、人間の生活には何が必要なのだ？　トゥーリ、知っているか？』

『ある程度はね。一応、僕が人間をこちらの世界に連れて来たのは、ソータが初めてじゃないから』

トゥーリの発言を聞いて、俺以外にもいるんだな——と何気なく思ったけど、そのことについて語るトゥーリの声色は、どこか暗く沈んで聞こえた。

何があったのかと疑問に思ったけど、あんまり深く立ち入っていい話でもない気がする。

『とりあえず、食料になりそうなものは僕が集めて来るから、ハクはこの辺りに危ない魔物が寄って来ないように警戒しておいてくれ』

『分かった』

そうこうしているうちに、トゥーリが雨空に向けて飛び立っていく。

それを見送った俺は、些細な疑問を脇に置いて、まずは直近で重要そうな事柄についてハクに聞いてみることに。

「はく、まものって、あぶない？」

『そうだな。だが心配するな、私に手を出すような愚かな魔物は、この森にはいない』

力の差があり過ぎる、と、ハクは自信満々に言ってのけた。

ふむ、それなら俺はハクからあまり離れない方が良いか。

「どれくらい、はんい、だいじょーぶ？」

『む？　そうだな……あまり意識したことはないが、私の感覚だと……』

言葉では説明しにくかったのか、ハクは俺の体を咥《くわ》えあげ、ぷらーんとぶら下げたまま洞の外に出る。

……いや、確かに猫って子供をこうやって運ぶけどさ、服がぶかぶかなせいで今にも滑り落ちそうで怖い。

一応、ハクもそれを気にしてくれているのか、ゆっくり歩いてくれてるけどさ。

『木から離れて、これくらいまでなら、魔物も寄り付かないだろう』

洞を出た途端、それなりに降っていた雨がピタリと止み、ぬかるんだ地面をハクが歩いていくことしばし。それなりに離れたところで足を止め、そう言って振り返った。

ふむ、それなりに広いな。ちょっとした村くらいの範囲にはなりそうだ。

「これなら、はたけ、つくれそう」

『畑？』

「うん」

森で過ごすなら、やはり一番ネックになるのは食料だろう。

寝床はハクの棲み処《か》があるし、服はサリルに頼むという手が使えるけど、食料ばっかりは自分でどうにかしないと生活が成り立たない。

じゃあ、どうやって食料を調達するのかと言えば、やっぱり農作業が定番だ。

「はくの、ちから。ほーじょー、しょくぶつそだてる。あってる？」

『うむ、確かに私の力は植物を育てられるが』

「それで、はたけつくりゅ」

いくらなんでも、俺一人で畑を作って管理出来るなんて考えるほど、農作業を甘く見てはいない。

でも、ハクの力は普通の木を見たこともないほど巨大に育て上げるほど強大なものだ。上手くやれば、俺一人でも立派な畑を作れるかもしれない。

幸い、小さい頃はばあちゃんがやってた畑を手伝ったこともあるからな。最低限の知識はある……と、思いたい。

上手く育ってくれたら、余剰食糧で町と取引して、少しずつ交流を図れたらいいな。

まあ、それはおいおいだな。まずは俺自身が生きる分の食料を得られなきゃ話にならないわけだし。

「さりる、どーぐかってきてくれる、はず。だから、とーりが、たべものもってきてくれるの、きたいしてりゅ」

『ふむ、なるほどな。それなら、トゥーリに任せておけば大丈夫だろう。あやつは私と違って、神獣一のしっかり者だからな』

「…………」

ハクの力を考えると、トゥーリと同じかそれ以上にしっかりしてくれないと困るんだけど……まあ、それは言わないでおこう。

いや、せめて一言くらい何か言った方が良いのか？　まあ、寝坊するってだけなら、サリルに頼めば……いや、サリルに毎回頼るわけにはいかないから、こっちはこっちで何か考えないと。

『戻ったよ』

「あ、とーり！」

そんな会話をハクと交わしながら洞の方に戻ると、空から紫色の翼を羽ばたかせ、トゥーリが舞い降りて来た。

その足には、大きな葉っぱを袋代わりにぶら下げていて……俺の前に置かれたその包みを解《ほど》くと、中にはどっさりとたくさんの赤い果実が入っていた。

「わあ、いちご！」

瑞々《みずみず》しい輝きを放つそれを、俺は大喜びで一つ取り出す。

そのまま、試しに一口齧《かじ》ってみると……ちょっぴりの酸味と、それ以上の甘さが口の中に溢《あふ》れ返った。

「おいしー……!!　とーり、すっごくおいしー!!」

『そうか、それは良かったよ』

思ったままの感想を口にすれば、トゥーリからもどこか嬉しそうな声が返って来る。

人に育てられたわけじゃない野イチゴっていうのは、大抵酸っぱ過ぎて生では食べられたものじゃないってことが多いんだけど、このイチゴは前世で食べたものと比べても全く遜色ない味わいだ。

色味も形も良いし、一つ一つの大きさもかなりでかい。このまま売りに出しても良いんじゃないかってレベル。

『ハクの力の影響で、この近くに実っている果実はどれも美味だし、量も多い。ハクの力に怯えて、植物達の天敵になる魔物がほとんど寄って来ないからだろうね』

「なるほど」

そう言われれば、確かにと納得できる。

一方で、ハクはトゥーリの説明を聞いて、驚いたように目を丸くしていた。

『そうなのか？　初めて知ったぞ』

『ハクは食事を摂らないから、自分の力で育った植物の味を知らなくても無理はないよ。僕は食べるから、よくここに来るんだけどね』

『お前だって、食べなくとも問題ないだろうに、変わり者だな』

おっと、地味に重要な情報が入ってたぞ。ハク達は何も食べなくても平気なのか。

最悪、畑が上手く行かなければ、ハクの食べ物を少し分けて貰おうかとか考えてたんだけど……メインのプランが破綻する前にサブプランが崩壊しちゃったよ。

まあ、メインの方が上手く行きそうだから、別にいいか。

「じゃあ、これそだててみよ」

二つ目に伸びそうになる手をぐっと堪え、イチゴの種を取り出すと、ハクに頼んで軽く地面を掘り起こして貰い、雑草処理ついでに少し耕されたその場所に植えてみる。

まずはお試しだから、一つだけだ。

「はく、これそだててみて」

『うむ、任せろ』

俺が種を植えた地面の上に、ハクがポンと前足を置く。その途端、眩《まばゆ》い光が辺り一面を包み込んだ。

その光が収まり、ハクが前足をその場から離すと……ぴょこん、と、小さな芽が地面から顔を出す。

「わあ、はやい！」

普通、種が芽吹くまでに何週間とかかったりするものなのに。

この分なら、本当にあっという間に畑が作れそうだ……と、そう考えていると。

「うん？」

ぴょこん、と、イチゴの芽の近くに、別の草が生えて来た。

こんなのを植えた覚えはないんだけど……雑草かな？

畑に雑草は良くないので、よいしょ、と引っこ抜く。

抜いた雑草を離れたとこに捨ててもう一度見ると……雑草が二つに増えていた。

「……？」

もう一度、と、生えた雑草を二つとも抜く。

すると、今度は四つに増えていた。

「……!?　む、むぐぐ！」

負けてられるかと、生えた雑草を引き抜いていく。

最初に比べてしっかりと根を張っているようで、両手両足でしっかり踏ん張らないと抜けなくなっていた。

「ふんぎぎぎ……!!」

一つ、二つ、三つと抜いていき、最後の一つに悪戦苦闘する。

雑草ごときに負けてたまるかと力を込める俺を、神獣の二人は周りで見物していた。

『ソータ、無理はするな、それくらいは私がやるぞ？』

『ハクがやったら、せっかく植えた種まで掘り起こしてしまうだろう。こういう細かい作業は人間の専売特許だ、任せるしかない』

『むむむ……ソータ、頑張れ！　あと一息だ！』

トゥーリに微笑ましげに見つめられ、ハクに応援されながらの雑草抜き。なんだろう、上手く言葉に出来ないけどこう……むず痒《がゆ》い!!

変な気分に悶々としながらも、何とか力の限り引っ張ったことで雑草が抜け、その勢いのままころんと後ろに転がってしまう。

「わわっ」

『おっと、大丈夫か、ソータ』

「ありあと、はく」

大きな前足で受け止めてくれたハクにお礼を伝えつつ、俺は体を起こす。

そして……目の前に広がる光景に、呆然と立ち尽くした。

『よく頑張ったね、ソータ。ただ……これは君一人の力ではどうにもならなそうだ、何か別の手を考えた方がいいだろうね』

トゥーリに言われるまでもなく、俺は痛い程その事実を理解していた。

一生懸命引っこ抜いたその努力を嘲笑《あざわら》うかのように、緑豊かに生い茂る雑草達。それを見て、俺はガックリと肩を落とす。

いともあっさり訪れた挫折の中で、俺ははっきりと痛感した。

「やっぱり、ぶかがいる」

ハクの力があれば一人でも……と思ったが、やはり甘過ぎたらしい。

俺の指示で動く部下を作り、作業を手伝って貰う。そうしなければ、畑プロジェクトは早々に破綻だ。

「とーり、おれが、はなせる、あいて。ほかに、いない？」

『うん？　そうだな、僕たち神獣とも会話出来る力だ、ソータが意思疎通を図ろうとすれば、大抵の生物と会話出来るはずだよ』

トゥーリ曰《いわ》く、神獣達のコミュニケーション手段は一種の魔法になっているらしくて、同じくらい高位の存在でなければ本来は読み解けないものらしい。

そんな神獣の言葉さえ翻訳してみせる俺の力なら、どんな異民族も動物も、何なら魔物とさえ会話出来るだろうとのこと。

そもそも、そんな翻訳スキルを使っている自覚もない俺には、それがどれくらい凄いことなのかさっぱり分からないけども。

「そーゆーことなら、かんがえがありゅ」

今必要なのは、雑草を効率よく処理してくれる部下だ。

それでいて、俺が用意可能な対価……少ないイチゴだけでも十分に働いてくれる相手がいる。

即ち。

「そーしょくどーぶつ、なかまにすゆぞ！」

＊

「いよいよだな……」

セントラルの町で数日を過ごしたサリルは、手にした書類に目を落としながらとある場所を訪れていた。

セントラル伯爵領を治める領主――バクゼル・セントラルが住み、領主としての仕事をこなす大きな屋敷だ。

大きな、と言っても、サリルがかつて暮らしていた屋敷と比べれば流石に小さい。家を飛び出したとはいえ、未《いま》だ公爵家に籍を持つ彼よりも下の立場にいる相手への訪問である以上、必要以上に萎縮する必要もない。

しかしこれは彼にとって、家の援助を受けることなく初めて打ち立てる、学者としての成果だ。少しばかり、緊張を覚えていることは否めなかった。

そんな自分を奮い立たせるように、サリルは顔を上げる。

「問題ない、ソータには適当にでっち上げればいいと言われたが、この数日で理論は完璧に組み上げた。誰が聞いても、俺が日照りを終わらせたことに疑問は抱かないだろう」

ソータと話した初期のアイデアでは、あくまでサリルが天猫に対抗可能な反魔法《アンチマジック》を開発し、それによって日照りを解消した、という〝建前〟を押し通す予定だった。

だが、サリルはここ数日夜通しの解析の末、それを変更することにしたのだ。

やったことは、天猫を起こしただけだと。それによって日照りは解消し……実際に力を行使する瞬間を目の当たりにすることで、天候操作を打ち消す反魔法の理論が完成したのだと。

自分自身に誇れるように、何の誤魔化しもせず堂々と成果を披露するつもりだった。

「俺一人の力でもやれるってことを、証明してやる」

家を出たサリルにとって、報酬は大切だ。研究を続ける上で必須と言ってもいいだろう。

だが、それ以上に……なぜ彼が学者として情熱を燃やし、家を出て危険な森の中にまで足を踏み入れたのかといえば、ひとえにそれが理由だった。

〝自分自身〟の力を、世間に認めさせたい。

〝公爵家の三男〟ではなく、〝サリル〟という一個人の力でやっていけるのだと、周囲に示したい。

それが出来れば、金の問題は最悪どちらでも構わないとさえ思っていた。

「サリル様ですね、こちらへどうぞ」

そんな決意と共に屋敷に入ったサリルは、領主が待つという執務室へ案内された。

その間に、執事と少しばかり世間話に興じる。

「サリル様とこうして再び会えたこと、嬉しく思います」

「うん？　俺のことを知っているのか？」

「はい。とは言っても、こうしてお話しさせて頂くのは初めてになります。バクゼル様の付き添いで社交の場へ赴いた際に、公爵閣下と一緒におられるサリル様を目にしたことがありまして」

「そうか……」

公爵家の神童と褒め称える声がたくさんあったと語られ、サリルは複雑な気持ちになる。

確かに、表向きはサリルの才能を称える者ばかりだった。当時は、それを素直に喜んでいたのだ。

だが、実際は――

「おっと、失礼、話し込み過ぎましたな。バクゼル様はこちらでお待ちです、順番待ちもありますので、少々お待ちを」

「順番待ち、だって？」

暗い記憶が呼び起こされる寸前、サリルの思考は思わぬ言葉によって中断される。

確かに、急に押し掛けるような形になったのは確かだが、それならば〝先客がいる〟という表現になるだろうし、何よりここまで案内したりはしない。

それでも敢えて、〝順番待ち〟という言葉を選んだということは、つまり。

「はい。サリル様は……日照りの件の報告に来た、二十三人目のお客様ですので」

「はぁ……!?」

扉を開けて中に入ると、そこにはズラリと並ぶ研究者や学者達の姿があった。

見知った顔から、初めて見る顔まで、数多《あまた》の優秀な頭脳が集まりひしめくその場所で行われていたのは、侃々諤々《かんかんがくがく》の会議……ではなく、子供染みた口喧嘩だ。

「バクゼル様！　こちらの資料をご覧ください。過去数十年に渡って観測された天候情報を基に開発した、私の雨乞い魔法です!!　連日に渡って行使されたこの魔法こそが、雨をもたらした主因であると考えて間違いないでしょう!!」

「バカな、何を言う!!　バクゼル様、騙されてはなりません!!　こいつは確かに天候研究の第一人者ですが、魔法に関しては三流もいいところ!!　こんなへっぽこ魔法使いの力で天候が変わるならば苦労はありません!!　私の造り上げた大型雨降らし魔道具こそ、今回の雨をもたらしたと考えて間違いありません!!」

「ええい、そう言って、つい先日その魔道具が破損したばかりではないか!!　間違いしかないわい!!」

「何を!?　俺の研究成果をバカにするのかこのクソジジイ!!」

「ぶっ壊れた魔道具で雨が降れば誰も苦労せんと言うとるだけじゃ!!　どこが間違っておる!?」

日照りを解消したのは己だと、我こそが今回の依頼を達成した者だと声高に叫び、自らの掲げる理論を提唱する。

そのあまりにも予想外の光景に、サリルは開いた口が塞がらない。

「……どうやら、新しい者が来たようだ。まずは彼の成果を聞いてみようではないか」

あまりにも酷い部屋の中で、一際疲れた表情を浮かべて椅子に腰掛けていたのが、この屋敷の主たるバクゼル・セントラルだ。

ふくよかな外見と、煌《きら》びやかな宝飾品を好む成金趣味もあって、悪徳貴族か何かのように言われることもあるが、その領地運営の手腕は特に可もなく不可もなく。堅実で反発の少ないその統治は民に抵抗なく受け入れられ、案外評判は悪くない。

そんなバクゼルの提案は、サリルに助け船を出したわけでも、ましてやサリルこそが日照りを解消した者だと考えてのことでもない。ただ、早くこの騒がしく不毛な言い争いを終わらせてくれと、そんな切実な願いが込められていた。

当然、領主自らのご指名とあっては、注目を浴びないわけもない。部屋に詰め込まれた学者達の、それはもうギラギラと容赦のない視線に晒されて、さしものサリルも少々たじろいだ。

学者達の視線を一身に受け、それでもサリルは堂々と胸を張って背筋を伸ばす。

（……負けてられるか！）

ここにいる者達の主張は知らないが、サリルには自ら危険な森に足を踏み入れ、神獣の一角と対面したという自負がある。目の前で雨を降らせるその瞬間を目撃したのだ。

そんな自分の主張が聞き入れられないはずはないと己に言い聞かせ、手元の資料を提示する。

「それでは、自分が如何《いか》にして日照りを解消したか、その一部始終と成果をご説明しましょう」

バクゼルや大勢の学者の前で、起こったことをありのまま伝える。ソータのことなど、一部の事実は伏せて語ったが、大筋においては実際にあったことそのままだ。

その上で、集めたデータなどから間違いなくそれが事実であること、今後同じことが起きても対応可能であることを強調していく。

「……以上です」

全ての説明を終え、口を閉じる。

どんな答えが返ってくるか、じっと待っていた彼に向けられたのは――学者達の嘲笑だった。

「君ぃ、いくらなんでもそれは荒唐無稽過ぎるだろう」

「成果らしい成果を上げられなかったのは分かるが、もう少しマシな嘘を吐きたまえよ」

（くそっ……やっぱり、こうなるのか……!!）

これほど大勢の学者が集まり、誰が雨を降らせたのかで口論になっていた時点で、察してはいた。

自身が組み上げた理論には自信があったが、それはあくまで、領主個人にアピールするつもりで用意したものだ。

それに何より、今ここにいる学者達は、確証がなくとも自分の研究こそが雨を降らせ、報酬を受け取るに相応《ふさわ》しい成果を上げたと信じて疑わない、我の強い人間ばかり。

〝ただ天猫を起こしただけ〟――そんな意識が残り、嘘を吐くことさえ嫌ったサリルの主張では、説得力が足りなかった。

「はあ……サリル様、お引き取りくだされ」

「っ……分かり、ました」

失望した、と声に出さずとも伝わってくるバクゼルの言葉に、サリルは肩を落とす。

失意の中で背を向けたサリルの耳に、小さく……誰のものかも分からない声で、こう聞こえてきた。

「これだから、公爵家の七光りは」

「…………」

もはや振り返る気にもならず、サリルは逃げるようにその場を後にするのだった。

第二章　白猫印のイチゴジャム

ハクの力で植物を急成長させられることは分かったが、どうやら余計な雑草まで育ててしまうらしい。

雑草処理の人手が必要だと判断した俺は、トゥーリと一緒に仲間になってくれそうな動物を探して森に出た。

ハクは、存在そのものが他の生物を警戒させてしまう要因になるのでお留守番である。ちょっと寂しそうに見えたのは内緒。

『それで、ソータ。草食動物を仲間にすると言っていたが、当てはあるのかい？』

「にゃい！」

ハッキリ断言すると、トゥーリは無言になってしまう。

うん、ちょっと雑に言いすぎたな。

「まじゅ、このもりに、どんなどーぶつがいるのか、しらない。だから、それをしってから、かんがえゆ」

危険な魔物が生息しているという森に、果たしてどんな動物がいるのか。知識を付けるところから入らないと。

『どんな動物がいるか、と言われると……色々といるけれど、大体は魔物に負けず劣らず屈強か、身を隠す術《すべ》に長けた動物かのどちらかだね。ちなみに、僕は後者だよ、神獣だけど』

トゥーリの能力は、世界の境界を渡って魂を運び、その過程で魂から放出される力を取り込んで糧にする、というものらしい。

戦う力がないトゥーリは、この力を応用して、身の危険が迫ると〝世界の狭間〟に自分を隠すことでやり過ごすんだってさ。

今回、ハクから離れたことでもし魔物に襲われそうになったら、この方法でトゥーリが俺を守ってくれることになってるんだけど……普通の動物も、同じように何かしら身を隠す術を持ってるってこと？

「……みつけられる、かな？」

『流石に、僕ほど完璧に身を隠せる存在は、魔力を持たない動物にはいないよ。精々擬態が上手いとか、足が速いとか、それくらいさ』

「そっか、よかった」

いや、いいんだろうか？　結局俺には捕まえられないような……いや、いやいや、俺の目的は協力してくれる部下を見つけることで、捕獲が目的じゃないんだから。

そう自分に言い聞かせ、ひたすらに森の中を歩く俺。

とことこと歩き、大きく張り出した木の根を越え……ようとして越えられず、トゥーリに手伝って貰ってなんとか乗り越えて。

ふう、と額の汗を拭いながら後ろを振り返って、ふと気付いた。

「……ぜんぜん、すすんでない！」

そう、ただでさえ歩きづらい森の中、子供の足でまともな速度が出せるはずがなかった。服も合ってないし。

それなりに移動したつもりだったのに、当たり前のようにまだ見える距離にハクの巨体がちょっと顔を覗かせている。

これでは、ハクの領域近辺を探索するだけで、どれだけ時間がかかるか分からないぞ。

『……良かったら、僕が運ぼうか？　ソータの体くらいなら、掴《つか》んだまま飛べると思うけど』

「……お、おねがい」

トゥーリからの申し出に、俺はがっくりと項垂《うなだ》れたまま答える。

せめて、歩くくらいは自分の力でやりたかったんだが……それすら人頼みとは情けない。

とほほ、と落ち込む俺の背中をトゥーリが掴んで、ふわりと浮かぶ。

何の力もない、って言ってたけど、人一人分の体を持ち上げられるなんて、トゥーリも十分力持ちだな。

それほど速度は出せないのか、あるいは加減しているのか、ゆっくりと俺を持ち上げたまま低空飛行を始めたトゥーリ。

そのまま、しばらく森を散策し続けるのだが……。

「なにも、いない」

『いないね』

動物も、魔物も、全くと言っていいほど遭遇しなかった。

いい加減トゥーリも疲れてきたのか、適当なところで着陸した。

『まあ、この辺りはまだハクの力が及ぶ領域にもほど近い。警戒心が強い生き物は、あまり近づかないんだろう』

「そっかぁ……とりあえず、おつかれ、とーり。おやつ、たべよ」

成果はないが、だからと言ってこのままぶっ通しで捜索したからどうなるというものでもない。休憩は大事だ。

そんなわけで取り出したのは、トゥーリが集めてくれたイチゴである。

トゥーリはハク同様、何も食べなくても平気らしいけど、食べるのが趣味だって言ってたからな。どうせなら、一緒に食べたい。

『そうだね、おやつは大事だ』

どこか嬉しそうなトゥーリの様子に微笑みながら、二人で持ってきたイチゴを齧る。

服がぶかぶかだと歩きにくくて困ると思ってたけど、余った部分でイチゴをそれなりの数持ち運べたので、こういう部分では便利だな。

「んぅ〜！　やっぱり、おいしぃ！　とーり、いちばんすき？」

『うん？　イチゴが一番好きなのかという意味か？　そうだな、僕が食べる時はこれが多い。ハクのところによく通っているのも、これがよく実っているからだしね』

「そーなんだ」

やっぱり好きなんだな、と何となしに思っていると、『ただ』とトゥーリは少し困り顔で言葉を重ねる。

『僕ら神獣は食事が本来必要ないからこそ、食べようと思えばいくらでも食べられてしまうところがある。下手に食べ尽くすといけないし、ハクもあの性格だろう？　狙った植物だけ成長させられるほど器用じゃない。だから、実はソータが作りたがっている畑には期待しているんだ』

イチゴを好きなだけ食べられるようになるかもしれないし、と、トゥーリは弾んだ声で希望を語る。

そっか、俺はあくまで自分の食料調達のつもりでやってたけど、トゥーリも楽しみにしてくれてるんだな。

そう思うと、俄然やる気が湧いてきた。

「まかせりょ。とびっつきりのいちご、くわせてやゆ!!」

ふんす、と胸を張りながらも、現在の俺では山盛りのイチゴを育てるなど夢のまた夢だ。

さてどうしたものか、と思いながら、俺は次のイチゴに手を伸ばし……もふっ、と。

謎の毛玉に手を突っ込んだ。

「へ?」

何事かと目を向ければ、そこにいたのは茶色い毛に覆われたウサギだった。

それも、一匹や二匹じゃない。五匹ほどの集団が音もなく忍び寄り、俺たちの持ち込んだイチゴを食べていたのだ。

これにはトゥーリも驚いたのか、目を丸くしている。

『……敵意もなければ魔力も感じないから気付かなかったよ。イチゴの匂いにつられてきたのかな?』

『………』

ウサギ達は、イチゴを咥えたまま顔を上げ、トゥーリを視界に収めると……そそくさと距離を取る。ただし、なぜか俺の後ろに。

いまいち状況が掴めないけど、逃げないならちょうどいい。話しかけてみよう。

「えーと、きみたち、おれのことば、わかゆ?」

『………』

返事はない。けど、何となく『わかる』と言葉が返ってきたような感じがする。

何だろう、明確な言葉が聞こえるというより、それらしい感情が自然と伝わってくる感じ？

上手く言葉に出来ないけど。

『ソータ、もしかして、ウサギを仲間にするつもりかな？』

「うん、そうだよ。かいわ、できるし」

『うーむ、まあ、確かに草食動物ではあるけど……』

「？？」

なぜか微妙な反応のトゥーリに首を傾げつつ、俺はひとまずウサギ達に話しかける。

せっかくのチャンスだ、逃がす前にしっかり掴みたい。

「いちご、すき？」

『…………（こくん）』

「なら、いっしょに、はたけつくろ。てつだってくれたら、いちご、たべほーだい。それに、はくも、まもってくれゆよ」

『…………（こくこくこく）』

「よし、きまり！」

一時はどうなることかと思ったけど、どうやら無事に話が纏まりそうだ。

ウサギなら雑草も食べられるし、穴掘りも出来るし、手伝ってくれるなら大助かり。

まあ、普通に食べる分には、雑草の根っこまで食べてくれるわけじゃないから、そこは応相談というか、対策を考えないとだけど……俺のイチゴ畑計画が一歩前進したことは間違いない。

ルンルン気分で、俺はトゥーリの方へ向き直る。

「とーり、やった！　ぶか、できたよ！　いちごたべほーだい、あとちょっと！」

ぶい、とピースサインを向けると、トゥーリはなぜか複雑そうな表情を浮かべる。

どうしたのかな？　と思っていると、トゥーリは無言のまま俺の背後を指差した。

意味が分からず、首を傾げたまま振り返ると……ウサギが、増えている。それも、二十匹くらいに。

あれ？　君たちどこから来たの？　ていうか、待って、まだ増えてる⁉

『言い忘れていたけれど、ハクの……神獣の庇護下に入れることは、動物達にとっては美味しい餌よりもずっと価値のある対価だ。あんまり数が増えやすい動物を誘うと、大変なことになると思うよ？』

「さきに、いって！」

ウサギといえば、うっかりオスメスを一緒にしていたら瞬く間に子供を産んで増えていくと言われている、子沢山生物として有名だ。

数匹から試してみるつもりだったのに、いきなりこの数は流石に不安だぞ⁉

「き、きみたち。ちょっと、おおいから、すこしおちついて」

『…………』

「いやだー、じゃなくて……はくにも、かくにんを……って、わわわ!?」

何とか数を絞れないものかと会話を試みるも、こんなに小さな動物相手では理性よりも衝動の方が勝るみたいだ。全く聞く耳を持たず、早くハクの領域に行こうと立ち上がる。

ついでに、俺の体をウサギ達が大人数で持ち上げ、そのまま走り出した。えぇ!?

「このせかいの、うさぎ!!　こんなこと、できゆの!?」

『いや、僕もこんなウサギは初めて見たよ。よっぽどハクの庇護下に入れると言われたのが嬉しかったんだろうね』

「うれしいに、しても!!　なんでこんなに、すぐ、しんじるの!?」

『異世界から来たソータには分からないかもしれないが、この森においてハクの威光はそれだけ強い。そんな相手の名前を無断で借りただなんて、ウサギ達には想像すらつかないんだろう』

実際、無断でもないしね、と、トゥーリは笑う。

いや、笑い事じゃないんだけど!?

「た、たしゅけてぇ～～!?」

そのまま、俺はハクの領域に入るまでの間、ウサギ達に担がれ振り回され続けた。

うん、次からは、もう少し慎重な人選を心掛けるとしよう。

＊

「……結局、何も出来なかったな」

サリルが伯爵家の屋敷から逃げ出して数日後、彼の姿は森の中にあった。

日照りを収めたことだけではなく、持ち帰ったデータで組み上げた天候操作魔法に関する内容までも一笑に付され、失意の中にあったサリルだが、だからといってソータからの頼まれ事を蔑《ないがし》ろにするわけにもいかない。

そんな一心で、ここまでやって来たのだ。

「ソータは、元気にしているだろうか。天猫がいる以上、魔物に襲われているということはないだろうが」

今後の学者としての身の振り方も定まらないままだが、ソータのことはずっと気になっていた。

果たして食事にはありつけているのか、一人で心細くはないのか、こんな風に心配するくらいなら、最初から後の事は考えずに連れ帰っておくべきだったか等々……不安を抱きながら歩を進めたサリルは、やがてハクの領域に足を踏み入れ、絶句した。

「なっ……なんだこりゃ⁉」

木々が少し減り、広くなったその空間を埋め尽くすように生い茂るのは、赤いイチゴを山ほど実らせた緑の群れ。

畑、というよりはイチゴで出来たジャングルとでも形容すべきその有り様に、サリルは目を白黒させる。

「俺がここを離れて、まだ一週間かそこらだぞ？　その間に一体何が……ってうお⁉　ウサギ⁉」

呆然としながら踏み出した足の近くを、一匹のウサギが駆け抜ける。

真っ白でよく目立つ姿だったから直前で気付けたが、危うく踏むところだったと胸を撫で下ろす。

（ん？　なんでこんなところをウサギが堂々と走ってるんだ？）

天猫として凄まじい力を誇るハクの傍に、通常の動物や魔物は近付かない。それくらいは、人間社会に生きるサリルとて既に知っている。

それなのになぜ、ここに……と疑問を抱いていると、小さなジャングルをかき分けて、ソータがひょっこりと顔を出した。

「あ、さりる！　おかえり」

「ああ、ただいま、ソータ。元気そうで何よりだ、が……これは、どういう状況なんだ？」

何かしら事情を知っているだろう相手にそう尋ねると、ソータはやや困り顔で目を逸らした。

「ちょっと、はたけづくり、しっぱいして……」

「畑を作ろうとした結果が、これなのか……」

確かに、生えているのは基本的にイチゴばかり。イチゴ畑を作ろうとしていたと言われれば、納得出来ないこともない。

僅か一週間で、小さなジャングルと呼べるまでに成長していることを除けば、だが。

「でも、おいしいのは、まちがいない！　たべて」

「お、おう」

はい、と差し出されたイチゴを、そのままパクリと口に運ぶ。

その瞬間、全身を駆け巡る甘美な味わいに、サリルは天にも昇るような心地になった。

「美味い……こんなイチゴを食べたのは、生まれて初めてだ」

「でしょ？　えへへ」

素直な感想が口から溢れると、実際に食べたサリル以上にとびきりの笑顔をソータが見せる。

その無邪気な愛らしさに、サリルは胸の中の蟠《わだかま》りが和らいでいくのを感じた。

「さりる、どーかした？」

「いや、何も？　……ただ少し、アピールに失敗してな、雨降らしの報酬を受け取れなかっただけだ」

「ええ!?　さりる、だいじょーぶ？」

笑顔から一転し、心配そうに顔を覗き込んでくるソータの姿に、サリルは思わず噴き出してしまう。

思わぬ反応に目を丸くするソータの頭を、サリルはポンポンと撫で始めた。

「大丈夫だ、って言えたら良かったんだが、困ったことにもう金もなくてな。神獣達の研究が認められないことには、生活費も稼げそうにないし……しばらく、ここに居てもいいか？」

あれだけの大恥をかいて、町に残る気にもなれないが、他の町へ向かう余裕も、ましてや研究対象を変えて再出発する金などどこにもない。

神獣の領域であるこの森で生活することで、より詳しく神獣の生態を知ると同時に、生活費を節約出来たら一挙両得だと、サリルは考える。

「わかった！　はくと、とーりにもおねがいしてくゆ！」

ただ、それらの理由も本心ではあるが……一番の理由は、単に家を出てからずっと走り続けてきたこの足を、ソータの近くで少し癒したいと、そう願ったからだ。

「わわっ」

「おっと、あまり慌てなくていい、時間はあるんだ」

「うん、ありあと！」

サリル自身あまり自覚のないその理由は、当然ながら誰に指摘されることもない。

ただ……走ろうとして転んだソータを受け止め、ゆっくり並んで歩き出したサリルの表情は、町を出た時よりもずっと穏やかなものになっていた。

＊

「……なるほど、ハク様の力でイチゴを急成長させたわけか。それで、あんなことに」

「うん、そーなの」

俺がこの森に転生して、早一週間の時が流れた。

食べ物はひとまずイチゴがあるし、寝るところも服も最低限はある。

快適かと言われると微妙だが、ひとまず生きていく分には何とかなる状態だ。

そんな状況を、俺は戻ってきたサリルに説明しつつ……ハクの寝床である洞の中で、彼の買ってきてくれた衣服に着替えていた。

ちなみに、ハクは今も隣で寝てる。今度はちゃんと起きてくれるよね……？　既に不安だ。

「ぷぁ、よし！」

バッチリ袖を通し終えて、ふんすと鼻を鳴らす。

森の中でも動きやすく、それでいて丈夫な生地で出来たズボンとシャツ、それにジャケット。

靴までサイズがぴったりだけど……俺も知らない俺のサイズを、どうしてサリルが知ってるんだ？　謎である。

気になったので聞いてみたら、パッと見で大体分かるらしい。何その特技、凄いな。

「それで、ウサギはイチゴと一緒に生えてくる雑草を処理するのが仕事、と……まさか、ソータが動物とも話せるなんてな。便利な力だ」

「うん。はっぱだけじゃなくて、ねっこもほってもらってりゅよ」

そうしたら、元々は茶色いウサギ達だったのに、気付いたら真っ白に変わってるもんだからびっくりしちゃったと、イチゴジャングル化の裏にあったエピソードを語って聞かせる。

それを聞いて、サリルは興味深そうに唸った。

「ハク様の庇護下に入ったことで保護色が不要になったのか、あるいはハク様の加護か……何にせよ、面白い変化だな、調べ甲斐がある」

「がんばって、おーえんしてゆ」

サリルは元々、日照りの解消とそれに伴って得られる報酬目当てで森に来たのに、どうやらそれを果たせなかったみたいだしな。

どうしてダメだったかについては教えて貰ってないが、悔しかったのは間違いないだろう。

本人の言う通り、ここにいれば時間はあるんだ、今度こそ誰にも文句を付けられないくらいの理論を構築して、今回のリベンジを果たして貰いたい。

俺がこうしてハクの力を借りて呑気に森で過ごせているのは、サリルがいてくれたお陰なんだし。

「そう言ってくれると嬉しいよ。だが、今は研究よりもまず目の前の生活だな、イチゴ以外の食べ物も育てなければ」

「うん、そーなの」

ひとまず、食べるには困らないほど大量のイチゴはある。が、逆に言えばイチゴしかない。トゥーリやウサギ達は大喜びだけど、同じものばかりじゃ栄養がちょっとね。

「というわけで……頼まれていた通り、育てられる種を買ってきたぞ。種芋ってやつだ」

「おー、おいも！」

サリルが取り出したものを見て、俺は歓喜の声を上げる。

芋は良いぞ。主食になるし、料理のバリエーションも広いし、何よりどんな場所でもそれなりに育つ。

まあ、にわか知識じゃあそれでも難しいだろうから、ハクの力に頼ることになるわけだけど。

「早速植えてみるか？」

「だめ。じゃんぐる、おおきくなりゅ」

すぐにでも育てたい気持ちをぐっと堪え、俺はそう言った。

ただでさえ、イチゴ畑の予想を超える拡張のせいで、洞の周囲が手狭になってる。特に、体の大きなハクにとっては。

この上更に他の作物も、となると、ハクに迷惑がかかってしまう。……寝てるばっかりだから、あんまり関係ないかもしれないけど。

「だから、のーぎょーの、せんもんか、ほしー」

「専門家、か。町で協力してくれる人が見付かればいいが……」

難しそうだな、と、サリルは周囲を見渡してそう呟く。

まあ実際、食べられるものはイチゴだけ、家は巨大樹に空いた穴でインフラもゼロ、そんな環境に好き好んで移住したい人はいないだろう。

「かんがえは、あゆ。とゆーか、とーりの、あいであ」

「とーり、というと、あの鳥か。そういえば姿が見えないが……当てになるのか？」

「いって、なかった？　とーりは、しんじゅーだよ」

「えっ」

そうなのか!?　と言わんばかりに目を丸くするサリルを見て、そういえば俺の事情もほとんど説明してなかったなと思い出す。

サリルが何も聞いて来なかったから、すっかり忘れてたな。こんな子供が森に一人でいる時点で訳ありだと思って、遠慮してくれてたのかもしれないけど。

「とーりが、もりに、じゅーじんっていうのがいるって。そのひとたちと、あってみよーかなって、さがしてもらってりゅ」

獣の特徴と能力を持つ、半人半獣の種族……獣人。

そんな獣人達の部族の一つが、この森の中でハクを崇拝しながら生活しているらしい。

ハクを崇める部族なら、ハクの力を受けて育ったイチゴとか物凄く喜ばれるだろうし、あるいはこれを融通する代わりに色々と協力して貰えないかなって考えてる。

「獣人か……俺は言葉が分からないんだが、動物と話せるソータなら、確かに普通の人間よりは取引しやすいかもしれないな」

「えっ……ことば、つーじないの？」

「ああ、俺はな」

そうなんだ……まあ、町で暮らしてる人と、森の中で暮らしてる部族が全く同じ言葉で話している方がおかしいし、ある意味それが普通？

うーん、少し不安になってきたけど、トゥーリも特に何も言わなかったし、大丈夫……なのか？

「まあ、いまはいっか。それよりいまは、じゅーじんたちと、とりひきすゆための、しょーひんつくりたい」

「商品を、作る？」

「うん」

ハク印のイチゴと引き換えに、獣人達から農業に関する知識や、まともな家を建てて貰ったりとかの技術的な支援を引き出したい。

そうなってくるとネックなのは、取引出来るイチゴの数だ。

あのミニジャングルのお陰で、俺とトゥーリ、それにウサギ達と合わせてもなお余るくらいのイチゴが収穫出来ているのは確かだけど、生のイチゴなんて、冷蔵庫もない環境ではあっという間に腐ってしまう。

その期限を、加工食品にすることで延長する。そうすれば、取引量も増えてより多くの支援を引き出せる……と、いいなぁ。

幸い、サリルには服や農具以外にも、保存容器や調理器具も頼んでおいたからな、早速使っていこう。

「考えは分かったが、何を作るつもりだ？」

「じゃむ！」

サリルの問いに、俺は即答する。

果物を使った加工食品としては、一番身近かつ誰でも簡単に作れるものの一つがジャムだろう。

問題は、調味料をたっぷり使わないと、保存期限としてはあまり延びないことなんだが……まあ、そこは応相談だな。単純に、取引出来る品物が増えることにも意味はあるし。

「さっそく、つくってみよー」

「分かった、道具の準備は任せておけ。ただ……ジャムの作り方は、分かるのか？」

「だいじょーぶ、しってゆ」

これでも、大学を出てしばらくは独り暮らしだったからな。最低限の料理スキルは備わってると自負している。

えへん、と胸を張って自信のほどをアピールすると、サリルは「そ、そうか」と若干不安そうに頷いた。

むむ……いいさ、実際の作業で納得させてみせる！

そんな決意と共に、洞の外へ向かう。ジャム作りには火を使うので、出来るだけ広い場所を選ばないと。

なるべく周囲に何もないところを見繕った俺は、サリルが火の準備を進める光景を眺めていた。

「《発火《ファイア》》、と」

枯れ木を集め、魔法で火が灯される。

ライターも火打石も何もいらないなんて便利だな、と感心している間にも、サリルは作業を進め、小さな鍋と三脚を火の上にセットした。

「こんなところか。火加減の調整が必要なら言ってくれ」

「ん！」

サリルの準備が整ったところで、俺は鍋にヘタを取ったイチゴを投下……しようと思ったけど、鍋が大きくて微妙に入れにくい。いや、サリルはよくこんなの背負って森の中に入って来れたな!?

背伸びしながら、なんとか入れようと手を伸ばし……すぐに、隣にいたサリルに抱き上げられた。

「ほら、これで届くか？」

「あ、ありあと」

ぐぬぬ、またしても子供みたいに……いや実際子供なんだけど!!

微妙に複雑な気分になりながらも、俺は収穫されたばかりのイチゴを次々に鍋へ入れていく。

入れ終わったから、そのまま降ろして……貰えたら良かったんだが、サリルはジャムの作り方さえ知らないそうなので、抱っこを続行して俺が調理することに。

微妙にやりづらい体勢ではあるが、この際仕方ない。ついでに、今ここで見ているのはウサギ達だけなので、そちらも気にしても仕方ない。

あーだこーだと己に言い聞かせながら、俺は無心になって鍋の中をゆっくりかき回し続けた。

「こんなところ、かな？　さりる、ひ、よわくして」

「了解だ」

中火でグツグツと煮込んだら、イチゴから十分な水分が滲《し》み出たところで火を弱める必要があるので、それはサリルに頼んだ。

一度を俺を降ろし、燃える木々の山を少し崩して火を小さくしていく。

「ほえー、こうやって、よわくすゆんだ」

「ああ、火は一ヶ所に固めるほどに勢いも強くなっていくからな。むしろ、ソータはなんでジャムなんて珍しいものの作り方は知ってるのに、火の扱いは知らないんだ？」

前世では料理することはあっても、こうやってキャンプみたいなことをする機会はなかったし……機械に頼らない火の扱いは知らない。

逆に、サリルは火を扱った経験はあれど、果物を調理した経験はないらしい。ジャムは完成品しか見たことないんだってさ。

「本当に、変わっているな、ソータは」

「このしぇかいの、にんげんじゃ、ないから。まあ、そーなりゅ」

「……待て、この世界の人間じゃないと言ったのか？　どういうことだ？」

火が弱まったところで、改めてサリルに抱っこされて鍋をかき混ぜ始めたんだが、そこでようやく俺の出自についての話になった。

今更ではあるけど、しばらく一緒に暮らすなら説明しておいた方がいいだろう。

「じちゅわ……」

イチゴをゆっくりと煮込む間に、俺は少しずつ事情を話す。

俺が、異世界からトゥーリの力で呼び出された転生者であること。

そして、その役目はハクを目覚めさせたことで、もう終わっていることを。

「……魂を運び、異界からの来訪者を召喚するという死鳥の伝説、本物だったのか……」

「しってりゅんだ？？」

信じて貰えるか未知数だったけど、どうやらそういう伝承が元からあったらしい。

噂だけだが、と答えながら、サリルは溜め息を溢す。

「何か事情があるんだろうと思っていたが、まさか異世界人だったとはな。どうりで町に行きたがらないわけだ」

「さいしょに、せつめーしとく、べきだったね」

特に隠したかったわけじゃないが、この満足に喋れない舌も相まって、後回しにしてしまっていた。

そのことを謝ると、気にするなとの答えが返ってきた。

「ソータがいなければ、俺一人で日照りを終わらせられたとも思えないしな。こうして神獣の近くで暮らせていることも含めて、感謝しなければならないのは俺の方だろう」

「…………」

普通にお礼を言われてるだけ……なんだけど、どことなく陰を感じる口振りだ。

サリルとは、まだ付き合いと呼べるほどの付き合いもない間柄だ、好きなだけ吐き出せと言ったところでうまく吐けないだろう。

こういう時は……。

「さりる、じゃむ、できた。あじみ」

美味いもの食べて、気分転換するに限る。

そんな気持ちで、俺はお玉を持ち上げ、サリルの方へ差し出した。

「いいのか？　じゃあ早速……」

どろりと溶けたイチゴジャムを、サリルが一口。

うん、美味いな、と呟くサリルに、俺は更に言葉を重ねた。

「そのうち、もっとおいしーの、たべさせてやりゅ。さりる、おまえも、てつだえ」

そのまま食べて美味しいイチゴを、そのままジャムにしても、そりゃあ美味しいだろう。

だけど、本当なら砂糖やレモン汁なんかを加えて、見た目や味を調え、更に洗練させることだって出来る。

今は調味料なんて夢のまた夢って生活してるけど、俺はこのまま終わるつもりなんてない。

事業を広げて、この世界における社会的立場を確立し、いずれはここに俺の城を築き上げるのが目標だ。

そう、ばあちゃんと交わした約束……大金持ちになって、でっかい家を建てて、世界一でかいケーキで誕生日を祝うっていう目標を、この世界で叶《かな》えたい。

そのために、出来ればサリルの力も借りたいと思う。

「きたい、してゆ」

サリルの顔を真っ直ぐ見つめながら、一切隠すことなく俺の本心を伝える。

それを聞いて、サリルはしばし硬直し……ふっと、不敵な笑みを浮かべた。

「何をさせるつもりか知らないが、任せろ。期待の十倍は働いてやる」

良かった、少しは元気になってくれたみたいだ。

本当なら、もう少し突っ込んだ話を聞いて、サリルの悩みを解決してやった方がいいのかもしれないが……それは、いらないお節介ってやつだろう。

そもそも、俺に出来るお節介なんてほぼないしな。せめて、大人の体ならもう少し……まあ、無い物ねだりしても仕方ないが。

『ソータ、戻ったぞ』

「あ、とーり！」

サリルと話し込んでいると、聞き慣れた羽ばたきが空の上から舞い降りて来た。

当たり前のように俺の頭の上に着地したことには、一言物申したくなるが、まあ今はいいや。

それより、トゥーリの探索結果の方が重要だ。

「とーり、どーだった？」

『獣人の里は記憶通りの場所にあったよ。ただ、里に向かう前に少し寄り道した方が良さそうだ』

「えっ、よりみち？」

どういうこと？　と首を傾げると、トゥーリは事も無げにこう言った。

『いや、途中で溺れて昇天しかけている獣人がいたから、岸まであげといたんだ。ここまで運ぶには重かったから、そのまま置いてきたんだけど……すぐ近くだから、案内するよ』

「たいへん！　さりる、いそご！」

「……すまん、何が大変なのか分からないから、説明してくれ」

そうだった、サリルにトゥーリの言葉は分からないんだった。

忘れかけていた事実にもどかしさを覚えながら、俺は聞いた話をそのまま伝え……当然のように慌て始めたサリルと共に、トゥーリの案内で森の奥へ向かう。

まあ、俺は走れないから、サリルに抱えられる形でだけど。

『ここのところ、ハクが定期的に雨を降らせていたからね。増水した川の流れに足を取られたんだろう』

「そーいえば、すごいながれ、だった！」

サリルにしがみついて移動する間、思い出すのはこの一週間に降った雨の量だ。

いくらこれまで降ってなかったとはいえ、いきなり一気に降らせ過ぎればそれはそれで大災害だ、ってことでほどほどに時間を置きながら降っていたんだけど、それでも多かったのは間違いない。

そんな雨の中で川に近付けば、そりゃあ溺れたりもするだろう。俺だって、本当は水浴びとかしたいのを我慢してたんだから。

『ここだよ』

「えーっと……あ、いた！　さりる、そこ！」

やがて到着したその場所に、その子はいた。

川から少し離れた場所で、ずぶ濡れのまま放置されている女の子。

年齢は、十歳くらい？　頭からぴょこんと生えた猫耳と、ハクによく似た真っ白な髪が特徴的だ。

気絶してるみたいだけど、サリルに診察して貰った限り、ちゃんと呼吸もしてるし大丈夫そうだとのこと。

「とりあえず、つれてかえろ。とーり、いい？」

『ソータのすることなら、ハクもあまりとやかく言わないさ。あいつは君を気に入ってるようだしね』

「そーなの？」

特に気に入られるようなことをした覚えもないんだが、トゥーリが大丈夫だと言うのならそうなんだろう。

サリルに頼んで、猫獣人の女の子をそのままハクの寝床まで運んで貰う。

幸いというか、帰る頃にはハクも目を覚ましていたので、事情を話したら特に気にした様子もなく受け入れてくれた。

「はくは、このこ、しってゆ？」

『よく知らんな。私を崇める白猫の獣人達がいるのは知っていたが、これまであまり関わりは持たなかったのだ』

「どーして？」

ぐっすり眠る女の子の様子を見守りながら、率直な疑問をぶつけてみる。

すると、ハクはちょっぴり嫌そうな顔で、『昔のことだ』と語りだした。

『こやつら獣人とも交流があった時期もあるのだが……貢ぎ物だなんだと騒がしくてな。しかも、それが行きすぎて生け贄なんぞ差し出すようになったので、面倒になって姿を眩ませたのだ』

「な、なるほど」

生贄……確かに、食べ物すら必要なく、寝るのが趣味のハクからしたら、そんなものを貰っても迷惑なだけだろう。

んー、しかし、それならそれで……。

「ん……うぅ……」

「あ、きがついた？」

話し込んでいる間に、女の子がゆっくりと目を開いた。

大丈夫だとは言われていたけど、こうして目を覚ましてくれるとほっとする。

「……人間の……子供？　なんでここに……？」

「こど……そっちも、こどもでしょ」

十歳児（推定）に子供扱いされ、思わず言い返してしまう。

けれど、女の子は「何言ってるんだこの子」みたいな目を俺に向けただけで、特に気にした様子もなく辺りを見回す。

「いや、そもそもなんで人間の子供が私達の言葉を？　それに、ここは……」

「ここは、はく……てんびょーの、いえだよ。ぼくはそーた、よろしくね」

「てん、びょー……天猫様？」

「うん、ほら」

はい、と後ろを指差すと、そこには威風堂々と……いや、単にごろんと横になってだらけているだけのハクの姿があった。

けど、ハクを崇拝してるっていう獣人にとっては違うのか、女の子の目が飛び出そうなくらいまん丸に見開かれ、バッタみたいに跳び上がる。

「天猫様⁉　どうしてここに、いや、違うどうして私はここに⁉　私は確か川に落ちて……はっ、もしやここは天国？　死に行く私を天猫様がお迎えに⁉」

「ソータ、かなりパニックになっているように見えるんだが……大丈夫そうか？」

「あまり、だいじょーぶじゃ、ないかも？」

状況の把握すらままならない様子の女の子を、果たしてどうやって落ち着けたものか。

悩んだ末、俺はふと思いついたことを実行に移す。

「ねえ、きみ」

「な、なんですか？」

「これ、てんびょーさまのそだてた、たべもの。たべて。てんびょーさまの、めぐみ」

「て、天猫様の食べ物……？　それに、天猫様の恵みとは……ふむ……」

そんなものが？　と言わんばかりに首を傾げる女の子に、俺は瓶詰めのジャムを差し出す。

蓋を開けると同時に漂う、甘い香り。

ドロリとした見た目ながらも、ガラス越しに輝いて見える赤い食べ物に興味を惹かれたのか、女の子はそっと指を突っ込んだ。

「……はむ」

掬《すく》いあげられたジャムを、女の子はパクリと一口。

その瞬間、さっきまでよりも一段と鋭い眼差しで、カッ！　と目が見開かれた。

「な、なんですか、この素晴らしい食べ物は……!!　こんな美味しいもの、生まれて初めて食べました!!」

遠慮もパニックも吹き飛んだのか、女の子は猛然と瓶に指を突っ込み、一心不乱にジャムを食べ始める。

「やはり、んむっ、天猫様は、はむっ、偉大な、むぐむぐ、神獣で、あむっ……んんーー!!」

さっきとは別の意味で大丈夫じゃなくなった女の子を前に、俺はかける言葉が見つからない。

端《はた》で見ていたトゥーリやハクもどこかポカーンとしている中、またしても俺に声をかけたのはサリルだった。

「ソータ。……これは、大丈夫なのか？」

「……あまり、だいじょーぶじゃ、ないかも？」

さっきと同じ質問に、さっきと同じ答えを返す。

その後、女の子が落ち着きを取り戻すまでの間、俺達はしばし呆然とその光景を眺め続けるのだった。

＊

「すみません、お見苦しいところを……」

女の子が目を覚ましてからしばらく経ち、ようやく落ち着いたところで、彼女はハクに向かって思い切り土下座をしていた。

ただし、ジャムの瓶は大事そうに脇に抱えたまま。

「私の名前は、ユイと言います。白猫族族長の娘、天猫様の巫女《みこ》、という立場におります」

一応、と補足しながら、ユイと名乗った女の子は自己紹介を終える。

それを聞き届け、ハクは困り顔で俺の方を見た。

『なんと言っておるのだ？　この娘は』

「じこしょーかい、だよ。ゆいってなまえだって」

『ふむ、ユイか。ハクという、よろしく頼む』

通訳してあげると、ハクも自己紹介をして軽く頭を下げた。

そのやり取りの意味が分からなかったのか、ユイが俺の方を見る。

「……今のは、一体」

「はくの、じこしょーかい。てんびょーじゃなくて、はくって、なまえ。ちなみに、こっちはとーりで、こっちはさりる。それと、うさぎもたくさん」

せっかくなので、ハク以外の二人と……ついでに、ウサギもたくさんいることを伝えておく。

基本的に、みんな自分達の巣穴に籠って、お仕事の時だけ出てくるスタイルでいるけど、いきなりウサギの群れと遭遇したら驚くかもしれないからな。

けど、ユイはそんなことどうでもいいとばかりに俺に詰め寄って来た。

「そうじゃないです！　あなた今、天猫様と会話しました？　会話してましたよね、どうやったんですか⁉」

「ふ、ふつーにおしゃべりしただけ」

がっくんがっくんと揺さぶられながら、俺はなんとかそう答える。

いや、実際どうやったと聞かれても困るんだ。トゥーリが〝素質のある人間〟として俺を選んだとは聞いてるけど、最初から普通に会話出来たから、特別なことをしている自覚が全くない。

ただ、無自覚だろうがなんだろうがユイには関係ないんだろう、真剣な眼差しで口を開いた。

「まさか、おじい様の言っていた伝説の存在……〝神獣と会話出来る巫《かんなぎ》〟が実在するとは思いませんでしたが……本当にいたなら願ったり叶ったりです、どうか天猫様と共に、私達の里に来てくださりませんか？」

「いくのは、かまわないけど……どーして？」

俺としても、獣人達の里に招かれるのは大歓迎だ。獣人達と、イチゴを使って色々交易したいと思っていたところだしな。

ただ、向こうから頼まれるとなれば話は別だ。内容次第で、俺の対応も変えないとならない。

「話すと長くなるのですが……」

「だいじょーぶ、ゆっくりはなして」

「……ここのところ、ずっと続いていた日照りのせいで、里の作物が全滅したのです。今は狩りをして食い繋いでおりますが、天猫様のお力添えがなければ、私達は冬を越せない状況で……」

「ぜんぜんながくなかった」

シンプルにヤバい状況だったよ、しかもハクの寝坊のせいだし。

「私が犯した過ちのせいで、天猫様がお怒りになっているのは知っております。改めて天猫様にお供えするつもりだった貢ぎ物も失くしてしまった、この愚かな身で頼むのもおこがましいと思いますが……どうか、仲間を助けてください」

お願いします、と、またしてもユイは平伏する。

もしかしてこの子、日照りはハクが怒ってるから起きたことだと思ってる？　一体何をしたんだろう……。

「えっと……はく、おこってないとおもうよ。ちなみに、なに、したの？」

「そ、その……」

一度寝たら三ヶ月も起きないなんてことがあるハクが、〝昔〟っていうくらい付き合いのなかった相手だ。とてもじゃないけど、ユイが気にしているようなやらかしなんて、ハクは全く把握してすらないと思う。

けど、一応話は聞いてみようと尋ねると、ユイはあからさまに目を逸らした。

「……天猫様を奉る像に供えられていたリンゴを、その……つまみ食いして……」

「…………」

「な、なんですかその可哀想なものを見る目は。私だって反省しています！　ですからこうして一人で里を抜け出して天猫様を探しに来たんです！　直談判してお許し願うために！」

涙目で叫ぶユイに、俺としてはもうなんと声をかけたらいいか分からない。

うん、取り敢えず、お供え物を摘まみ食いするのはダメだし、そんな小さいのに一人で里を抜けてくるのもダメだと思うよ？

しかも、更に詳しく話を聞いてみると、お供え物を食べたせいで日照りが起きたと思ってるのはユイだけみたいだし。

とはいえ……本当に飛び出しちゃうあたり、本気で気にしてるみたいだから、力になってあげたいのは確かだ。

「はく、じゅーじんのさと、いけゆ？」

『私は問題ないぞ』

「じゃー、いこっか」

ハクが問題ないなら、俺も問題はない。

サリルやトゥーリはどうするのかと聞いてみたら、せっかくなのでついてくるとのこと。

話が纏まったところで、それをユイに伝えると、ぱあっと表情を明るくして喜んでいた。

「ありがとうございます！　こんな赤ちゃんが巫と知って、どうなることかと思いましたが、話が通じて良かったです！」

「まって、そりぇはききずてならにゃい。おれは、あかちゃんじゃ、ない！　ゆいより、としうえ！」

ビシッと指を突きつけて指摘すると、ユイははてと首を傾げた。

「どう見ても、私より年上はあり得ないと思いますけど。まあ、確かに赤ちゃんというには少し大きいししっかりしてますけど、だからってそんなに背伸びしなくても、すぐに大きくなりますよ。ほら、たかいたかーい」

「やめりょーー!!」

感極まった（？）ユイに抱えられ、ポーイと上に放り投げられる。

いや待って、本当に高いな!?　この子だって決して大きくないのに、腐っても三歳児程度のサイズと重量がある俺を何メートル投げてるんだ!?　これが獣人の力!?

「楽しそうだな、ソータ」

「これが、たのしそーに、みえりゅの!?」

「それなりに？」

どうやら、サリルの目は節穴だったらしい。後で抗議してやろう。

楽しんでるのはユイだけだ、俺は高い高いされて喜ぶような子供ではない!!　決して!!

「たしゅけて、さりる！」

「分かった分かった」

仕方ないな、と言わんばかりに、何度目かの落下中にサリルが横から受け止めてくれた。

ホッとひと安心しながらしがみついていると、足元でユイが不満そうに頬を膨らませている。

「むむ、もう終わりですか」

「とーぜん、でしょ！　さとに、いくなら、じゅんび、しないと！」

「そうですね、早くみんなにも知らせたいです。けど、準備とは？」

ユイは何も持っていないし、ハクを連れ帰ればミッション完了だと思っているせいで、何か準備することがあるのか疑問みたいだ。

まあ、言いたいことは分からないでもないが、準備することはちゃんとある。

「たべもの、なくて、こまってるんでしょ？　なら、ここにあるいちご、もってこ。じゃむにしても、いいよ」

作物が全滅していても、獣人達は狩りで食い繋げるらしい。が、狩りで得られる食料は安定しないし、だからこそ獣人達も作物を育てていたはずだ。

ここで育てているのは現状イチゴしかないわけだけど、栄養価も高いし、たくさん持っていったら喜ばれるんじゃないかな？　……ユイ、未だにイチゴジャムの瓶持ったままだし。

「本当ですか!?　嬉しいです!!」

気のせいだろうか、ハクが里に行くと分かった時以上にユイの表情が輝いている気がする。

ま、まあ、食料不足なら支援して貰えるのは嬉しいだろうし、これくらい普通か。別に、ユイが特別食いしん坊というわけではないはずだ。

「ジャム、明日から食べ放題……えへ、えへへへ……」

……多分。

＊

採れたてのイチゴと、鍋いっぱいに作ったイチゴジャムを抱えて、俺達は獣人の住む里……白猫の里を目指し出発した。

ここで活躍したのが、小さな体にとんでもない怪力を秘めたユイだ。「助けていただくのですから、荷物持ちくらいはさせてください！」と鼻息荒く詰め寄って来たので、イチゴジャムの入った大きな鍋を背負い、更には両手にイチゴの入ったカバンを持つというちょっと不安になる装いになったユイだけど、全く体幹がブレることなくひょいひょいと森の中を進んでいく。

サリルでもユイのペースについていけないんだから、獣人の身体能力っていうのがどれだけすごいか、移動してるだけなのによく分かる。

えっ、俺？　ふふふ、実はな、俺は専用の移動手段を確立したので、ちゃんと遅れることなくついていくことが出来ているのだ。

そう、初めてウサギ達と出会った時、俺を軽々と持ち上げ連れていかれたアレから着想を得た移動手段。

木の板の上に乗った俺を、ウサギ達がソリのように引っ張って進んでいるのだ！　段差があった時には担いで……背負って？　乗り越えてくれるし、完璧である！

……ちょっとシュールな絵面だけど、気にしたら負けだ。

サリルから、それこそ珍獣か何かを見るような目を向けられている気がするけど、気にしたら負けなんだ!!

『そろそろ里に着くよ』

先行していたトゥーリの言葉通り、ずっと続いていた森がついに途切れ、小高い丘の上に出た。

その先に広がる光景に、俺は感嘆の息を吐く。

「おおー……！」

どこか懐かしさを覚える、日本家屋にも似た木造の家。それがいくつも立ち並び、長閑《のどか》な光景を形作る。

日照りのせいで作物が全滅したと聞いたから、陰鬱とした空気が漂っているかとも思っていたけど……ここ数日の雨もあってか、それほど悲愴的な雰囲気は感じない。

雨上がりの里に注ぐ日射しが、水溜まりに反射してキラキラと光り、里全体が輝いているかのように見える。

天猫――ハクを敬い、奉っているという獣人族、白猫の民が住まう里の第一印象は、そんな感じだった。

「さて、里のみんなに帰ったことを伝えてくるので、少し待っていてください」

ぴょんぴょんと、背負っているものの重さを感じさせない身軽さで丘を駆け降りていくユイを見送り、少し待機する。

するると、里の入り口付近ですぐにユイは人集《ひとだか》りに囲まれ、それはもう大騒ぎになっていた。

「ユイ!! お前どこに行っていたんだ？ その大荷物はなんだ!?」

「突然いなくなったから心配してたんだぞ!!」

「ごめんなさいです」

めちゃくちゃ怒られながら、ペコリと頭を下げるユイ。

というか、抜け出した理由すら話してなかったんだ……大丈夫だろうか？

「でも、私はやり遂げました。天猫様に謁見し、里まで連れてくることに成功したのです。巫女の面目躍如ですよ！」

「「は？？」」

ピースピース、と非常にあっさり、経緯の説明もなく結論だけ伝えられ、集まった獣人達がみんな仲良く呆《ほう》けたまま固まってしまっている。

遠くて細かいことはよく分からないけど、何一つ状況が伝わっていないことだけは分かった。

「はく、ちょっと、こえあげて。あぴーる」

『ふむ、こうか？』

にゃおぉぉぉん、と、どこか気の抜けるような声が丘の上から里中に響く。

もう少し威厳を出して、ってダメ出ししようかと思ったんだけど……そんな鳴き声でも、効果は覿面《てきめん》だった。

「あ、あれは、天猫様!?」

「ほ、本物なのか!?」

「間違いない、長老の屋敷にあった姿絵と同じだ!!」

「まさか、本当にユイが連れてきたっていうのか!?」

「ふふん」

俺達のいる方を見上げ、慌てふためく獣人達。そんな彼らの前で、ユイはこれみよがしにドヤ顔を披露している。

けど、もはや彼らの視界にユイの姿は映っていないのか、全員がその場に跪《ひざまず》いた。

「ま、まさか、ワシが生きている間に本物の天猫様に拝謁する機会が巡ってくるとは……ありがたや、ありがたや」

そんな獣人達の一番前まで出て来たのは、一段と年老いた風貌のお爺ちゃん獣人だった。

そのお爺ちゃんに、ユイがとことこと近付いていく。

「おじい様、私、やりまし……あふん!?」

「バカタレ！　早くお前も平伏せんか！」

「いえその、私が天猫様を……」

「いいから、早く!!」

「あ、はい」

自慢しようとしたユイが、そのまま強引に頭を下げさせられている。

ちょっと可哀想だけど、自業自得でもあるから何とも言えない。

『ソータ、これはどういう状況だ？　私はどうすればいい？』

「あ、えーっと」

ハクも、自分に頭を下げられていることは分かっているんだろう、次の行動を決めかねて、助けを求めて来た。

ちなみに、トゥーリとサリルはこの信仰の空気を避けるためか、目立たないところにこっそりと退避してる。距離があるから、その存在に気付かれてもいないだろう。ズルくない？

「みんなのまえ、いこっか」

『分かった』

ウサギ達にもお願いして、俺とハクで獣人達の前まで駆け降りる。

微動だにしない彼らの前で、言葉が通じないハクの代わりに俺が声をかけた。

「みんな、かお、あげてくらしゃい」

「……？　お前さんは、一体？」

今初めて俺の存在に気付いたとばかりに、お爺さん獣人が首を傾げる。うん、まあ距離もあったし、俺みたいな小さい子供は見えてなくても仕方ないよね。

他の獣人の人達も、なんで人間の子供が？？　しかもウサギの上に？？　みたいな顔をしてる。こう、俺とウサギの間を視線がめちゃくちゃ往復してる感じ。分かりやすいなー。

「おれのなまえは、そーた。てんぴょーさまと、おはなし、できましゅ」

「お話……天猫様と、会話出来ると!?」

「あい」

ざわっ、と、獣人達の間に動揺が広がる。

ユイもかなり驚いてたし、よっぽど重要なんだろうな。まあ、信仰対象と会話出来る存在って考えたら、重要にもなるか。

「ユイ、どういうことじゃ!?　天猫様のみならず、その巫までここにおるとは!!」

「説明しようとしたら、おじい様が私を押さえつけたので」

「ええい、細かいことはいいから説明せい!!」

ぎゃあぎゃあと、また一層騒がしくなる。

これはしばらくかかりそうだな、と待っていると、やがて落ち着いた頃に改めてお爺ちゃん獣人が俺達の前までやって来た。

「ごほん、お見苦しいところをすみませぬ。ワシの名前はフガン、この白猫の里で長老などと大層な肩書きを持たされておるただのジジイですじゃ。それで……ソータ殿。うちのユイが何か粗相をしましたでしょうか」

「いえ、そそーでなくて。ひでりの、えーきょーで、こまってるって、きいたから。たすけたいって……てんびょーさまが」

「なんと……⁉ それで、わざわざワシらの里に……⁉」

「うん。たべものも、もってきたよ」

ビシッと、改めてユイの方を指差すと、待ってましたとばかりにユイがジャムの入った鍋やイチゴの詰まったカバンを見せびらかす。

おおおお、と歓声が上がり、さっきまでとは別の意味でてんやわんやの大騒ぎに。

中には、その場で味見だと手を伸ばす人もいたんだが……。

「な、なんじゃあこりゃあ⁉ めちゃくちゃ美味《うめ》えぞ⁉」

「本当だ、そんなに美味いもんは生まれて初めて食べた‼」

「おい、俺にもくれよ！ 自分達だけズルいぞ‼」

「これが、天猫様の恵み……‼ ありがたや、ありがたや……‼」

あまりの美味しさに感動し、押し合いへし合い、突然祈りを捧げ始めと、とんでもない状況に。

流石にこれを抑えるのは無理だと思ったのか、フガンさんは呆れ顔で頭を下げた。

「騒がしくなって申し訳ありませぬ、支援のほど、皆を代表してお礼を言わせて貰いますじゃ」

「おきになしゃらず」

まあ、食料不足の中で、急に美味しい食べ物がたくさん届いたら、反動でこうなっちゃうのも仕方ないよ。多分。

「ともあれ、ここで立ち話もなんですからな、里に案内させて貰っても……？」

「おねがいしましゅ」

ぺこりと頭を下げて、ひとまず友好的に里に入れそうなことにほっと息を吐く。

ずっと離れたところで様子見をしていたサリルやトゥーリのことも紹介して、みんなで向かったのはフガンさんの屋敷だった。

他の建物よりも一際大きく立派な木造建築に感心しながら中に入り……ハクだけは体が大きすぎて入れないので、庭の方に回って貰い、庭に面した大広間にみんなで集合する。

ちなみに、ウサギ達は庭に置いてこようと思ったんだけど、一匹だけ俺についてきた。頭の上に乗ってる。

……トゥーリ、自分の定位置を取られたみたいな顔しないでくれ。そもそも俺の頭の上は動物を乗せる場所じゃないから。

「改めて、ワシらの里のためにご足労頂き、感謝いたしますぞ。天猫様の御力があれば、ワシらの里の作物も息を吹き返すじゃろうて」

畳の上に座布団と、これまたどこか日本的な趣を感じる場所に腰を落ち着けた俺達は、フガンさんにまたも頭を下げられる。ちなみに、今度は言われる前にユイも隣で頭を下げていた。

「きにしなくて、だいじょーぶでしゅ。ただ、これをきかいに、おたがい、なかよく、したいでしゅ」

「おおっ、そう言っていただけると、ワシらとしてもありがたい」

ハクの力……天候を操るのみならず、植物に活力を与え、成長を促すというその能力は、フガンさん達白猫の獣人にとっては常識だったらしく、この後すぐにでもハクに手伝って貰いたいとのこと。

ハクも、植物を育てるくらいは特に疲れもしないからいつでもやれると言ってくれたので、すぐに話はその代価……ハクへの貢ぎ物をどうするかって内容になった。

「天猫様の加護を得られるのは、長い間ワシら白猫の民にとっての悲願でした。それが叶うのでしたら、如何なる対価も惜しまぬ覚悟で……」

うん、予想していたより大分重いな!? ハクが、昔は貢ぎ物が行き過ぎて生贄《いけにえ》まで捧げられたとか言ってたけど、この様子だと本当に要求したら通ってしまいそうな感じがある。

当たり前だけど、俺もハクも生贄なんて欲しいわけじゃないから、慎重に言葉を選ばないとな。

「おねがいは、ふたちゅありましゅ」

「二つ、ですかな？」

「あい」

びしっと指を二本立て、代表者として出来るだけ威厳を感じさせるように堂々と頷く。

……俺の頭の上にいたウサギが膝の上に追いやられ、トゥーリが定位置にふんぞり返っている状況では、威厳もへったくれもないかもしれないけど。

「ひとちゅは、はく……てんびょーさまの、いえが、ほしいでしゅ」

「家ですか」

「あい。おっきいの、きぼー」

イチゴ畑を作り始めてから、すぐに直面した問題の一つだ。

あのミニジャングルの侵食が凄くて、ハクが落ち着いてお昼寝出来る場所が減ってしまっている。

ハクには今後も力を貸して貰いたいところだし、快適に眠れる場所を用意してあげたいのだ。

その点、この里の建物はどれもしっかりしているし、フガンさんの屋敷はハクが十分横になって寛げるような広い庭まで整備されている。

これほどの建築技術を持っているなら、ハクの寝床を作ることも容易いはずだ。

と、そこで、サリルが隣から口を挟んできた。

「ソータ、天猫様の家もいいが、お前自身の家がまず先だろう？　今だってまともに寝る場所もないというのに」

「そりぇは、はくのいえ、いっしょで、いーかなって」

俺は前の世界で、でかい家を建てることを目標にしていたが……別に、それを一人で使おうと思っていたわけじゃない。ばあちゃんも含め、家族全員で不自由なく暮らせる家が欲しかったんだ。

その意味では、ハクが何の憂いもなく過ごせる家っていう基準でまず考えて貰うのが早いだろう。

俺のそんな意見に、サリルも納得してくれたんだが……逆に、フガンさんは驚いた様子で詰め寄って来た。

「お待ちを。ソータ殿、天猫様と一緒でいいと聞こえましたが、もしやそちらの人間ではなく、天猫様と一緒に過ごしておられるので？　失礼ながら、今どのような生活を……？」

どうやら、フガンさんはサリルのことを俺の保護者だと思っていたらしい。ところが、ハクと一緒に暮らしていると聞いて、生活ぶりが不安になったみたいだ。

特に隠すことでもないので、素直に現状を伝えると……ものすっごく心配された。

「ソータ殿!! そのような環境に身を置くくらいならば、ワシらの村に身を寄せるというのは!? ソータ殿であれば、最高の環境をご用意すると約束しますぞ!!」

「いあ、だいじょーぶでしゅ。じぶんで、いきたいので」

ハクと会話出来るっていう能力を考えたら、確かにこの村でなら悪い扱いはされないかもしれない。

けど、不完全とはいえせっかく畑も作って、ウサギ達を部下にして、サリルの協力も取り付けて……自力で生きられるように頑張り始めたところなのに、ここでそれを全部投げ出すのはもったいない。

そう思ってやんわり断るも、フガンさんは中々折れなかった。

「そう言わず、どうかもう少し検討して頂きたい！ ワシらは獣人ではありますし、人間達との交流がこれまで全くなかったのは事実ですが、ソータ殿を邪険に扱う者などいないと断言致しますぞ！」

「それは、そーかもだけど」

「そうだ！ 天猫様の力を受けたイチゴほどではないかもしれませぬが、この村にも甘味《かんみ》はありますぞ！ ユイも気に入っておりますので、ソータ殿もきっとお気に召すことでしょう！」

「まって」

フガンさんや、あなたさりげなく俺のことユイと同列に扱ってないか？　いや、確かに俺の見た目は子供だけど、だからってお菓子に釣られてホイホイ頷くようなお子様では……。

「えっ、みずあめ⁉」

そんな俺に出されたのは、前世でも何度か目にしたことがあるシンプルな飴だった。色味は少し悪いけど、一つ口に含んでみるとしっかりした甘みを感じるし、間違いない。

まさか、こんな森の奥に砂糖菓子があるなんて……えっ、もしかして、日照りで全滅した作物って、サトウキビとかだったりするの？　めちゃくちゃ欲しいんだけど。

「この里、飴があるのか。砂糖なんて、セントラル領でもそれなりに値段が張る代物なんだが」

サリルにとっても驚きだったのか、水飴を見て意外そうに覗き込んでる。

そんな俺達の反応を見て、フガンさんはにっこりと微笑みかけて来た。

「いかがでしょう？　この村に移住すれば、食べ放題ですぞ？」

こ、この目、俺はよく知っているぞ……前世で幾度となく見た、値段交渉のプロ、営業マンの顔だ‼

こいつ、俺から俺自身を競り落とそうとしてるんだ‼

「……たしかに、おいしー。でも、これじゃーまだまだ」

「むむ？」

フガンさん、確かに甘味で俺を引き込もうとするのはいい目の付け所だった。

だが甘い。この水飴モドキよりも更に甘い。

砂糖があると分かった今――俺は、この村と単に取引するのではなく、この村そのものが欲しくなった！

「おねがいは、ふたちゅありゅって、いったよね？　おれは、はたけのつくりかた、おしえてほしーの」

「畑……ですかな？」

「うん。はたけ、つくっても、はくのちから、つよすぎ。すぐ、じゃんぐる。ぼーぼー」

舌ったらずなこの口でも何とか通じるようにと、言葉を工夫して簡潔に伝える。

ウサギ達の活躍で、ジャングル化しながらも大量のイチゴを収穫出来るようになったわけだが……逆に言うと、まるで制御出来てないせいでイチゴ以外を育てる余裕がない。

一方で、フガンさんはハクの力を知りながら、それを活用することに抵抗がないようだし……程よくコントロールする術を知っているんじゃないかと思ったんだ。

「いまより、いちご、たくさんつくりゅ。いちごと、さとーが、あれば……じゃむ、もっとおいしくなゆ」

「あの食べ物が……もっと美味しく……!?」

「うん。じゃむいがいも、いーっぱい、おいしーの、つくれりゅ」

「つ……!?」

獣人達があれほど夢中にさせられたジャムが更に洗練され、他にも美味しいものをたくさん作れる。

この魅力には、さしものフガンさんとて抗いがたいのだろう。ごくりと生唾を飲み込む音が聞こえた。

「おいしーおやつのれしぴと、はくのちから。ほしければ……みーんな、おれのぶかになりぇ!!」

俺が村に移住するのではない、村ごと俺の下につくのだ!!

そんな、我ながら傲慢極まりない要求を突き付けると、フガンさんは目を丸くする。

さあ、手札は並べた、後は交渉の時間だ……と、俺が闘争心を剥《む》き出しにしていると。

「更に美味しいレシピってなんですかソータ様!! 部下でも下僕でもなんでもなりますから食べさせてください!!」

「ふぎゃっ」

横から襲来したお子様《ユイ》に押し倒されて、俺の交渉バトルは早々に頓挫した。

ちなみに、俺にくっついていたトゥーリとウサギは、ユイの襲撃をいち早く察知して退避してる。ちょっと君達、薄情過ぎない?

「これユイ、何をしておるのじゃ！」

「おじい様！　だって、おやつが、おやつがぁ〜〜」

いっそ清々しいほど欲望に素直なユイに、思わず苦笑する。

なんというか、こうも真っ直ぐ欲しがられると、交渉だなんだって頭を捻るのもバカらしくなるな。

「ソータ、大丈夫か？」

「だいじょーぶ。ありがと、さりる」

ユイがフガンさんの手で引き剥がされていったのとほぼ同時に、俺もサリルに助け起こされた。

今は交渉より、里の問題をどうにかする方が先だな。

「ふがん、さん。ひとまず、はなしはまたこんど。とりあえず、はたけ、みにいこー」

「……うちの孫娘がすみませぬ」

何だか申し訳なさそうなフガンさんに「きにしてない」と伝えると、そのまままみんなで獣人達の畑の方に移動することに。

ハクの力で、日照りにやられた作物を再生させる……っていうつもりで向かったんだけど、その畑の様子は思っていたのとは少し違った。

「……？　ひでり、というより……あらされた、みたいな？」

てっきり、暑さと水不足で枯れ果てているものだと思っていたんだけど、どっちかというと他の生き物に食い荒らされたみたいな惨状だ。

説明を求めてフガンさんの方を見ると、その通りですとばかりに頷きが返って来た。

「日照りによって、森の中の食料が減ったのでしょうな。獣やゴブリンなどが連日やって来て、この有様なのです。……どうかしましたかな？」

「なんでも、ないです」

そういえば、ユイも「話せば長くなる」って言ってたな。ユイなりに、伝わりやすいように間を省いたのかもしれない。

省き過ぎな気もするけど、間違っていたわけでもないから微妙なところだ。

「まあ、いっか。ふがんさん、はくのちからで、はたけをせーちょーさせればいいの？」

細かいことは置いておいて、俺はフガンさんにどう対処するか聞いてみる。

ハクの力は凄まじいが、制御が利かない。その辺りのことをどうするつもりなのかと思って尋ねたんだが、フガンさんは「いえいえ」と俺の提案を否定し、畑の傍にある小屋にまで俺達を案内した。

そこにあったのは……サトウキビの苗、かな？　木製の箱みたいな植木鉢がたくさん並んでる。

「こちらを天猫様の前にお供えし、巫女であるユイが三日三晩奉納の舞を踊ることで、その苗は瞬く間に成長し、天を覆い尽くすほどの実りをつけると伝わっておりますじゃ」

「……みっかみばん？」

「はい。なんでも、それ以上の奉納は過剰な加護によってむしろ天の怒りを買う、とか」

あっさりと言ってるけど、それって多分俺のやらかしたミニジャングルのことだよね。

ハクの力を直接注いで貰うんじゃなくて、ハクの傍に置いて三日放置すると、ちょうど良いくらいに力が吸い上げられてよく育つってことかな。まあ、予測でしかないけど。

疑問があるとすれば……。

「……おどるひつよう、あるの？」

「あるのです」

「……あるんだ」

どういうことだろう、と思いながらユイの方を見てみると、凄い勢いで首をぶんぶんと横に振り回していた。少なくとも、ユイの認識では本当は必要ないみたい。

「奉納によって我らの願いを天猫様に届け、天猫様から溢れ出た力を三日かけて苗に染み込ませる。それが百年語り継がれて来た我ら白猫族伝統の植え付け方法であり、ユイはその役目を担う巫女として――」

あれやこれやと、白猫の歴史を語り始めたフガンさん。その隣では、ユイが絶望しきった顔でがっくりと肩を落としている。

うん……ユイに振り回されて大変そうなお爺さんだなぁ、と思ってたけど、どうやらお互い様だったみたいだ。

そんな風に思いながら、俺はフガンさんの長話を最後まで聞き届けるのだった。

＊

ユイの献身もあって（？）白猫の里のサトウキビ畑は無事に再生する見込みが立った。

あれから本当に三日三晩踊り明かしたのは、正直凄いと思う。流石に力尽きたのか、それから部屋に籠って動かなくなっちゃったんだけども。

ちなみに、ハクは特に何をすることもなく、庭で昼寝していただけで全部終わったので、特に疲れているとかはないと思う。ユイとの落差が酷くてちょっと可哀想だ。

「とゆーわけで……がんばってたゆいに、ごほーびつくってあげよーとおもいましゅ」

フガンさんの屋敷の一室、ひとまずサトウキビ畑がちゃんと軌道に乗るまではと滞在することになった部屋の中で、俺はそう宣言する。

話を聞いているのは、トゥーリとサリルの二人だ。

「ご褒美とはいうが、何をするつもりなんだ？」

「ゆいのすきなじゃむを、さとーでかいりょーするの。それと、いちごいがいのじゃむとか、つくれたらなって」

里に向かう前、毎日ジャム食べ放題だー！　って喜んでたからな。

砂糖があるなら、それでジャムを改良して保存期限を延ばせるし、ハクの棲み処に残して来たミニジャングルの収穫量を考えたら、本当に毎日食べ放題も可能になる。

とはいえ、毎日同じじゃ流石にユイも飽きるだろう。……飽きるよね？

だから、ジャムにもいくつかバリエーションを増やせたら良いと思うんだよな。

『随分と豪華なご褒美だね。そこまでするのかい？』

「だって……ゆい、がんばってたのに、そのあいだにじゃむなくなっちゃったし」

そう、俺達は鍋いっぱいのイチゴジャムを持ってこの里に来たわけだけど、あまりにも美味しいジャムに獣人達が魅了されてしまい……ユイが巫女としての仕事に励んでいる間に、あっという間に底を突いた。

頑張ったのに、その間に楽しみにしていた大好物を全て食べられてしまったユイの落ち込みっぷりは凄かった。何なら、今閉じ籠ってるのもそれが理由の半分以上を占めてるんじゃないかと思うほどに。

だからまあ、少しくらい良い思いをさせてあげてもいいと思うのだ。可哀想だし。

「それに、これは、じっけんも、かねてりゅから」

『実験？』

「じゅーじんたちと……それに、にんげんたちとも、とりひきすりゅための」

俺の目標は、ハクの棲み処を中心にこの世界における自分の立場を確立し、自分の力で生きていくことだ。

とはいえ、本当の意味で一人の力で生きていける人間などいるわけがない。自立っていうのは、誰かの助けを得ると同時に、誰かの助けにもなれる存在になることだと思ってる。

人とも、神獣とも、そして獣人達とも会話出来る俺がもっとも活躍し、誰かの助けになれる場面は何かって言えば、種族の垣根を越えた交易にあるというのが、俺の考えだ。

「じゃむをとくさんひんにして、じゅーじんや、にんげんたちと、やりとりして、なかよくなりゅ。そーすれば、みんなはっぴー」

ジャムは人の町でも珍しいものだって、サリルは言っていた。十分、特産品として注目される下地はある。

ハクの力で獣人達の畑を拡張し、対価として提供された食材を使ってジャムを作り、そのジャムを売って得たお金で、人の町から支援を引き出し、それを元にまた獣人達とやり取りしていく。

……人と獣人を繋ぐ、交易の中心地となること。

現状思い描いている俺のプランは、そんな感じだ。

……ただ、それを正確に伝えるのは難しいので、めちゃくちゃ曖昧な言葉選びになってしまったのが悪かったんだろうか。サリルやトゥーリから、何とも微笑ましいものを見るような目を向けられてしまった。

「そうだな、ソータのジャムがあれば、誰とでも仲良くなれそうだ。俺も出来る限り協力するよ」

『僕に出来ることは手伝おう。ソータと一緒にいたら楽しくなりそうだ』

「……ありあと」

仲良くなる、は比喩であって本題じゃないんだが、まあ協力してくれるというなら細かいことはいいや。

サリルにわしわしと頭を撫でられながら、俺は二人に要望を伝えることに。

「とーりは、いちごいがいに、あまいくだものをさがしてきてほしー。ぶどーとか、りんごとか」

『分かった』

「さりる、ひとのまちで、じゃむをかってくれそうなしょーにんさん、みつけてほしー。ゆいへの、ぷれぜんと、あまったのをあげゆから」

「それなら、知り合いに信用出来る商人がいる。任せておけ」

よしよし。元々、イチゴを集めて持ってきてくれたのもトゥーリだったし、サリルも商人と知り合いだっていうなら問題なくやり遂げてくれるだろう。

「ふたりががんばってるあいだに、おれも、りょーりしてまってりゅから」

『「…………」』

期待と共にそう伝えると、なぜか揃って黙り込んでしまった。

……え、急にどうした？

「ソータ、まさかとは思うが、さっき言っていた新作のジャムや料理作り、一人でやるつもりか？」

「そーだよ？」

幸い、ここには森の中と違ってちゃんとした厨房があるようだしな。

人の町にあるものよりはアナログだろうけど、俺だって少しくらい料理出来るだろう。

『無理は言わないから、フガン達に手伝って貰うといいよ。ソータの体で料理は危ないからね』

「そんなこと、ないもん！」

心外だな、確かに初めてジャム作りした時もサリルの手を借りたが、あれだって少し身長が足りなかったのと、火の調整方法が分からなかっただけで、一人でやれていた。

あの時よりも親切な設備なら、一人で新作料理くらい出来る!!

「ソータ、人を頼るのは恥ずかしいことじゃないんだぞ。お前はもう十分みんなの役に立ってるんだからな」

「しってゆ!!　でも、これくらいできゆ!!」

人は一人で生きていけないことは知っている。俺だって前世では実質社長業をやってたんだ、〝人を頼る、使う〟ことの大切さくらい当然分かってる。

だけど!! 出来ることも自分でやらないのは違うと思うんだよ!! 俺にだって自分で出来ることの一つや二つあるはずだ!!

「まあまあ、気持ちは分かるが、そう背伸びしなくても大丈夫だ、みんな分かってくれる」

『出かける前にハクにも伝えておくから、ちゃんと頼るんだよ』

「むうううう!!」

心配性な二人に憤慨しながら、俺はぷいっとそっぽを向く。

こうなったら、絶対に一人で料理しきってみせるからな、見てろよ!!

＊

「ふぅ……安請け合いしたが、まさかこうも早く町に戻って来るとは思わなかったな」

ソータとの話し合いの後、サリルは一人セントラル領の町へと戻った。

日照り解消の功績作りに失敗し、散々に笑われた後だ。正直に言えば、二度と足を踏み入れたくはなかった。

だが、ソータにここに向かって欲しいと頼まれた時、不思議と嫌な気持ちは湧かなかったことは確かだ。

その理由は、と考えて……サリルは思わず苦笑を漏らした。

「昔の俺を見ているみたいだからか」

サリルは、小さい頃から才能があった。周囲から褒められ、甘やかされ……その才能に嫉妬し、嫌味をぶつけて来る相手も多くいた。

所詮、親の七光りだと。本来の実力ではなく、公爵家という恵まれた環境の助けがなければ何も出来ないのだと。

そんな周囲の評価が嫌で、自分一人でもやっていけると証明したくて家を出た。冷静に振り返れば、随分と子供染みた行動だったとサリル自身思う。

もちろん、サリルとソータでは状況が違い過ぎる。最初から恵まれていたサリルと違い、ソータは異世界からやって来たばかりで何もない。神獣の庇護下にあるが、それ以外は最悪の環境と言っていいだろう。

だが……そんな状況にあってなお、周りを頼るよりも自分の足で立とうと躍起になっている姿が、かつての自分を思い出させる。

ソータ自身は、周囲を頼っているつもりでいるところが猶更《なおさら》に。

「もっと甘えたっていいんだって、教えてやらないとな」

顔を上げ、およそ二週間ぶりとなる町を歩く。

定期的に降る雨のお陰か、水不足でピリピリとした空気が漂っていたのももはや過去の話。行商が行き交い、客引きの声があちこちから聞こえ、元気な子供達が駆けまわる平和な光景が広がるその場所には、すっかり元の落ち着いた雰囲気が戻っている。

この場所で、サリルの役目はジャムの販路を見付けることだ。しかし、それだけで終わるつもりはない。

ソータが心置きなく頼ってくれるように、自分に出来ることをするつもりだった。

「そもそも、あんなに小さい癖に俺に任せることがおつかい止まりなのが気に入らん!! 俺はもっと大役を果たせる男だってことを、ソータにしっかり分からせて……」

「何を分からせるって？」

「うおぉ!? ガードンか、脅かさないでくれ……」

急に後ろから話し掛けられたことで、サリルは跳び上がらんばかりに驚いてしまう。

そこまでの反応が返ってくるとは思っていなかったガードンは、からかうでもなく素直に謝った。

「悪い悪い、んで、こんな道のど真ん中で何をブツブツと独り言を言ってるんだ？ めちゃくちゃ不審者だったぞ？」

「ああ、それはすまん。実はな、お前に頼みたいことがあるんだ」

「俺に？ なんだ、研究用の素材か何かが必要なのか？」

「そうじゃな……いや、それもあるんだが、まずは買い取って欲しいものがあるんだ。それも、定期的に」

「ほう……？」

サリルの話を聞いて、ガードンの表情が気の良い友人のそれから、商人としての顔に一気に変貌する。

この切り替えの早さが商人の素質なんだろうなと、サリルも少しばかり表情を引き締めた。

「立ち話もなんだ、俺の店に来い」

「ああ、助かる」

ガードンに案内され、彼の店に向かう。

元々は行商人だった彼が腰を落ち着けた場所ということもあって、取り扱っている商品は幅広く、遠方から取り寄せた物も多い。つまりはそれだけ、一つの商品を広い範囲で売り捌《さば》ける販路があるということだ。

やはりコイツなら間違いないと確信したサリルは、店の奥にある部屋に通されるなり、持ち込んだ〝商品〟をガードンの前に置いた。

「口で言うより、実際に見て貰った方が早いだろう。俺がお前に卸したいと思っているのは、これだ」

「こいつは……ジャムか？　へえ、珍しい」

ここセントラル領は、農作物の生産地として有名だが……その多くは主食となる穀物や野菜が占めている。

土地柄、〝なぜか〟天気が不安定になりやすく、あまりに大量の水を要求される果物類は育てにくかったというのがその理由だ。

そんなセントラル領でジャムを安定して作ることが出来るというなら、それなりの需要は見込めるだろう。

しかしそれも、相応の品質があってこそだ。

先日、サリルが買い込んだ農具などもこのためのものだろう。タイミングからして、彼自身は精々収穫を手伝った程度だろうが、果たしてどれほどのものなのか――

あれこれと思考を巡らせながら、ガードンはジャムをスプーンでひと掬いまじまじと観察する。

「色味は良いな。匂いも……うん、美味そうだ。肝心の味は……」

ぱくりと、そのままジャムを口の中に運ぶ。

じっくりと味わうように、形のないジャムを咀嚼《そしゃく》していき……ピタリと、ガードンの動きが止まった。

「ど、どうした？」

なかなか反応を示さないガードンに、不安になったサリルは思わず尋ねる。

それでも何も言わない彼に、一体どうしたのかと不安を抱き始めていると……くわっと、突然目を見開いて再起動した。

「美味い!!　なんだこれは、こんなにも美味いジャムは初めて食べたぞ!!」

「そ、そうか。それは良かった」

あまりにも強い勢いで詰め寄られ、さしものサリルも少し引き気味に答える。

しかし、当のガードンはそんなことは知ったことかとばかりに声を張り上げた。

「単に美味いだけじゃない、まるで全身が喜びに沸き立ち震え上がっていくかのようだ!!　このところずっと悩まされていた腰痛まで吹き飛んだぞ!!」

「そ、そこまでか？」

確かに、サリル自身ソータの下《もと》で生活するようになってから、森暮らしとは思えないほど体の調子も良く、思考が前向きになった気はする。

ジャムに何か効能でもあるのだろうか？　と疑問を覚えている間にも、ガードンの勢いは止まらなかった。

「サリル!!　このジャム、今ある分全部卸してくれ、言い値で買うぞ！　それから、このジャムは一体どこの誰が作ってるんだ!?」

「待て待て待て、一回落ち着け」

どうどう、とガードンを宥める。

これが落ち着いていられるか！　とヒートアップする彼に、サリルはゆっくりと現状を言って聞かせた。

「これはまだ試作品だ。良い出来だとは思うが、量産出来る体制にはない。つまり、今渡せるのはそれ一つだけだ」

「そうなのか……」

ガックリと肩を落とすガードンに、それほどかとサリルは苦笑する。

が、すぐに無理はないかと思い直した。

（本当に美味いからな、このジャム）

商品としての保存期限を延ばすため、砂糖を混ぜ込んだジャムを作る際は、サリルも少しばかり手伝い、味見だってしている。

その時に感じた、豊潤な甘みと僅かな酸味の織り成す深い味わい。それに、全身に行き渡る活力にも似た喜びの感覚は、今も目を閉じればハッキリと思い出せるほどに衝撃的だった。

それこそ、獣人達が夢中になりすぎて量が足りなくなったり、サリル自身町に着くまでに何度つまみ食いの欲求に駆られたかわからないほどだ。

（ともあれ、この様子なら販路の確保は問題なさそうだな）

サリルはあくまで学者であり、相手は本職の商人だ。あまり悪どい買い叩かれ方はしないという信頼はあったが、それにしても有利な交渉は望めないだろうと覚悟もしていた。

だが、今のガードンを見る限り、ジャムのためなら多少不利な条件でもあっさり引き受けてくれそうである。

「そう落ち込むな、量産体制が整えば、販売は全てお前に託しても構わないと思っている」

「本当か⁉」

「ああ、俺はお前以上に信頼のおける商人を知らないからな」

「こ、心の友よ‼」

感涙に咽《むせ》びながら抱き着いて来るガードンを受け止めながら、サリルは顔を引き攣《つ》らせる。

さすがに、おっさんに抱き着かれても嬉しくはない。

「ガ、ガードン、その代わりと言ってはなんだが、力になって欲しい。ジャムを作るにも、色々と足りないものが多くてな」

「おう、何でも言ってくれ、力になるぞ‼」

「そうだな、まずは状況から伝えるんだが……」

サリルは、ガードンならば信用出来ると見て、ソータや神獣、獣人達との繋がりについて語って聞かせる。

全てを聞き終えたガードンは、それまでの浮かれぶりから打って変わって、ポカンと口を開けたまま固まってしまう。

「……マジで言ってるのか？」

「ああ、大マジだよ。あのジャムは神獣の加護の賜物だ。比喩じゃなくて、本物のな」

口にしながら、サリルは領主の屋敷で嗤《わら》われた苦い記憶が甦る。

もしこれで信じて貰えないようなら――

「だとすれば、課題は森の中で害獣達から大きな畑を守るための手段と、収穫やジャム作りに必要な人手と設備、それに町まで運ぶための手段ってところか？　力を貸してくれって言うくらいだ、何か打開策は考えてあるんだろう？」

あっさりと次の話に移ったガードンを見て、今度はサリルが目を丸くする。

どうした？　と尋ねられたサリルは、恐る恐る問い返す。

「信じてくれるのか？　こんな荒唐無稽な話を？」

「なんだ、疑って欲しかったのか？」

「いや、そういうわけじゃないんだが……」

一度信じて貰えなかったから、という嘆きの言葉は、すんでのところで飲み込まれる。

だが、ガードンは色々と察したのか、男臭い笑みを浮かべた。

「実物があるんだ、信じる他ないだろうよ。それに……何があったかは聞かねえが、生きてりゃそういうこともある。さっさと忘れろ」

「ガードン……」

彼の言葉に、サリルは不覚にも泣きそうになった。

友人であり、人生の先達でもあるガードンのアドバイスを胸に秘め、サリルは改めて顔を上げる。

「そうだな、過去をとやかく言っても仕方ない、今は未来だ！　というわけで、諸々の問題に対する打開策だったな、もちろんあるぞ」

気を取り直したところで、サリルは自信ありげに断言する。

一度は失敗したとはいえ、サリルは学者であり、神獣の力を解析するために森に入ったのだ。

その研究・解析の結果が認められることはなかったが、何も認められることだけが研究の価値ではない。

誰かの役に立ち、その生活の一助になること。それが、研究の目的なのだ。

「俺の研究が無駄じゃなかったってことを、証明してみせるさ」

＊

「よーし、やるぞー」

サリルが里を離れ、町へ向かってから数日。俺はトゥーリが集めてくれた果物を手に、ジャムを作るべく厨房に立っていた。

そんな俺の傍にいるのは、果物を探してきてくれたトゥーリと……サリルが出かける前に作ったイチゴジャムで機嫌を直した、ユイの二人だ。

おー、と、これから作るジャムに興味津々、早くも涎《よだれ》を垂らしているユイとは裏腹に、トゥーリはめちゃくちゃ不安そうだけど。

『君たちね、子供だけで料理は流石に無理があると思うんだよ。誰か大人を呼んできたらどうだい？』

「だいじょーぶ、なんとかなりゅ！　それに、みんないそがしーし」

そう、獣人達は今、非常に忙しく動き回っているのだ。

具体的には、ハクの力で急成長するサトウキビ畑の整備と、ハクの新しい家を建てるために木材を集めに行ったチームと、更にはハクの棲み処へ家を建てるための測量とミニジャングルと化したイチゴの収穫に向かってくれたチームと。本来獣人達が行っている狩りや日常仕事と合わせたら、本当に手が足りない状態なのだ。

この果物……ブルーベリーやリンゴだって、本当なら畑で本格的に栽培してみたいところだけど、今はまだ畑の拡張に踏み切れていないのが現状なんだよね。害獣とか魔物とか、下手に畑を広げると危ないし。

だから今回は、トゥーリが見付けてきたものの中でも、特にハクの棲み処に近くてその力を十分に浴びていそうなものを使って、ジャムの試作品を作るのが目的だ。

味が良ければ、みんな更にやる気を出して畑の拡張がしやすくなるかもしれないしね。

「というわけで、やりゅよ!!」

リンゴを一つ、手に掴んだ俺は、早速小さなナイフで皮剥きを始める……んだが。

「むぎ、ぎぎぎ……!!」

なんというか、全く刃が通らない。

角度が悪いのか、力がないのか……全然剥ける気がしないのだ。

おかしい、俺だってリンゴの皮剥きくらいしたことはある、こんなの大して難しい作業ではないはずなのに!!

『ソータ、そんなに力を入れると危ないぞ、手を怪我してしまう』

「わ、わかってゆけどぉ……!!」

頭では、皮剥きなど力を入れてやる作業ではないと分かっている。だけど、上手く行かないとどうしても悔しさから力が入る。このナイフ、切れ味悪いんじゃないの？

そうやって悪戦苦闘していると、ひょいと俺の手からリンゴとナイフが取り上げられた。

あ、とその行方《ゆくえ》を目で追うと、当然ながらユイの手元に。

「皮を剥きたいんですか？　それなら、こういう感じで……」

ユイがリンゴにナイフを添え、くるくると回す。それだけで、あっという間に皮が剥かれていった。

綺麗にひと繋ぎの皮が木製のまな板の上にとさりと落ちたところで、改めて俺の方を見る。

「こんな感じですか？」

「……かんぺき、でしゅ」

その手際の良さに、俺はがっくりと肩を落とす。どうやら、悪いのは道具じゃなくて俺自身だったらしい。

ずーん、と落ち込む俺に、ユイはポンポンと頭を撫でる。

「ソータ様も、あと十年もすれば出来るようになりますよ」

「じゅーねんは、ながすぎ！」

「みんなそうやって歳を取っていくんです、心配しなくても大丈夫ですよ」

「ゆいも、まだこどもでしょ！」

「ソータ様よりはお姉さんです」

えへん、と胸を張るユイに、俺は愕然とする。

このままでは、本当に年長者としての威厳が、ユイにさえ遅れを取ってしまう!!

「ま、まけない！　こんどこしょ!!」

二つ目のリンゴを手に取り、ナイフを押し当てる。が、やはり上手く行かない。

ぐぎぎぎ、と苦戦していると、ユイはそれはもう楽しそうな顔で俺の後ろに回ってきた。

「ダメですよソータ様、もっと力を抜いて、こう、そーっと」

後ろから手を添えられ、ナイフの角度と力加減を矯正される。

すっ……とナイフが入り、リンゴの皮が剥けていくのを見て、思わず「できたっ」と喜んでしまった。

『良かったね、ソータ』

「……よ、よくない」

トゥーリからも、そして目を向けずとも分かるほどにユイから微笑ましい眼差しを向けられていることを感じながら、俺は皮剥きを終える。最後までユイに手伝って貰いながらだけど。

その悔しさを紛らわせるように、俺は叫んだ。

「さ、さぎょーはまだこれかりゃ!!　しゅーちゅーして!!」

「はいはい、分かりました」

ニコニコ笑顔のユイに頭を撫でられ、ぷいっとそっぽを向く。「拗《す》ねないでください」なんて言いながら頬っぺたをつついて来たので「すねてにゃい！」と答えたら、益々微笑まれてしまった。理不尽だ。

「ほら、次はどうするんですか？」

「むぐぐ……りんごを、きって、なべにいれりゅの」

リンゴジャムの作り方は、イチゴジャムとさほど違いはない。強いて言えば、今やった皮剥きと、芯を取り除いて細かく切る作業が入るくらいだ。

当然だが、皮剥きすら満足に出来なかった俺の力では、リンゴ本体を切るなんて出来るはずもない。

が、ユイは自分でやろうとはせず、俺を手招きしてきた。

「ソータ様、ほら、一緒にやりましょう」

「……うん」

どうやら、俺にお姉さん風を吹かせるのにハマってしまったらしい。

素直にユイの前に向かった俺は、皮剥きと同様にユイのサポートを受けながらリンゴを切り分けていく。

ユイの手慣れた仕草を見たからか、トゥーリも特に文句を言うでもなく見守る姿勢に入り、順調に作業は進んでいく。

「あとは、これをさとーといっしょにぐつぐつすれば、かんせー!」

切ったリンゴを鍋に投下し、砂糖と混ぜてぐつぐつと煮込む。イチゴもそうだけど、果物は煮込んでいくとどんどん水分が染み出して来るので、そのままで大丈夫だ。

中火で煮込んであくを取り、ある程度経ったら弱火にしてじっくり煮込む。とはいえ、便利な家電の普及した前世の社会でもないから、火の管理は大変だ。

その辺りも、逐一ユイがやってくれた。正直頼りっぱなしで申し訳ない。

「ふふふ、気にしなくていいですよ。その代わり……」

「かわり?」

「私に一番に味見させてください」

出来上がるジャムが楽しみで仕方ないとばかりに、でへえ、とだらしなく頬を緩ませる。

お姉さんらしさの欠片《かけら》もないその顔に、俺は思わず噴き出してしまった。

「うん、ゆいがいちばんさいしょね」

「やった!!」

『お？　もしかして味見の話かい？　ソータ、僕だって果物探しを頑張ったんだ、ちょっとくらいは味わわせておくれよ？』

「もちろん。みんなで、たべよ」

そんな風に、和気あいあいと会話しながら、ジャム作りは進んでいく。

リンゴジャムが出来たら、次はブルーベリー、そして改めてイチゴのジャムも作り、それぞれ瓶に詰めていく。

基本的に木製の道具が主流のこの里で、ガラスで出来た瓶は物珍しいのか、ユイは興味深そうに指でつついていた。

「それじゃー、さっそく、あじみしてみよー」

「待ってました!!」

もう待ちきれないとばかりに、ユイがスプーンで掬ったのは、最初に作ったリンゴのジャムだった。

ホワワーン、と幸せそうな表情を浮かべるユイに、こっちまで穏やかな気分になる。

「なんというか、爽やかで優しい味ですね。イチゴとはまた違った美味しさが……」

『ソータ、僕はそっちのを頂いてもいいかな？』

「あい、どーぞ」

ユイがリンゴジャムに夢中になっている間に、トゥーリは俺の差し出したスプーンからブルーベリージャムを一口啄《ついば》む。

するとこちらも、ホワワーン、と幸せそうに表情（？）が緩む。

『うん、ベリーがぎゅっと凝縮されたような香りと味わいがたまらないね。イチゴが好物だったけど、こっちも好きになりそうだ』

「あ、ずるいです、そっちもください！」

トゥーリがブルーベリージャムを食べていたら、夢の世界から戻ってきたユイもまた同じものを食べ、再び夢の世界へと旅立つ。

楽しそうな反応に思わず笑みを浮かべながら、俺も出来上がったジャムを口に運んだ。

「うん、おいひい」

イチゴもそうだったけど、ハク印の果物はどれも絶品だよね。

今回は砂糖もハクの力で育ったサトウキビから作って貰ったから、合わせて作ったことでより一層美味しくなった気がする。

「あ、ソータ様、頬っぺたについてますよ」

「んん⁉」

ユイから予想外の指摘をされ、慌てて頬を手で拭う。

ジャムを食べて口周りが汚れるなんて、そんな子供染みたこと……と思っていたらユイの手が伸びて俺の頬を軽く拭う。

「反対ですよ。全くしょうがないですね」

ニコニコと楽しそうなユイは、完全にお姉さんモードだ。

お返しにこっちも指摘してやろうかと思ったけど、残念ながらユイの口元は綺麗で何もついていない。おのれ。

「ソータ様くらい小さい子なら、上手に食べられなくても気にしなくていいんですよ」

「きにしてない」

「またまたー、そんなこと言ってー」

ぷいっとそっぽを向く俺の頬っぺを、もう片方の手でツンツンとつつくユイ。

いかん、このままでは本当に大人の威厳が消えてなくなってしまう。何とかしなければ！

「うん？」

そんな風に悩んでいたら、ユイの手……今の今、俺の口元から拭ったジャムがついたままだった指先に、ウサギが一匹飛び付いてパクリとかぶりついていた。

ハクの下で生活するようになってから、全身が白く変色したこのウサギは、普段群れでミニジャングルの管理をしてくれてるんだけど、この一匹だけは俺の周りをよくついて回ってる。懐かれたんだろうか？

……そうだな、よし。

「しろ」

「白？　確かに白ウサギですが、急にどうしました、ソータ様」

「なまえ。そのうさぎの」

ハクの影響で白くなったから、名前もハクを意識して近いものにしてみた。全員名付けるのは大変だけど、この一匹だけならまあいいだろう。

そう思って名付けたんだが、シロも名前を貰えて嬉しかったらしく、ご機嫌そうに耳が動いている。ただし、ユイの指は咥えたまま。

「シロ、私の指は食べ物じゃないですよ、食べるならこっちにしてください」

ユイがシロをひっぺがし、小分けにしたお皿にジャムをよそってあげている。どうやら、面倒見が良いのは俺相手に限った話でもないらしい。

そんな光景を微笑ましく思いながら、さて余ったジャムをどうしようかと思っていると……厨房の入り口から、無数の視線を感じた。

目を向けると、獣人の子供達がたくさん集まってきている。いつの間に。

『どうやら、食いしん坊はシロだけではなかったようだね』

「うん、そーみたい」

せっかくなので、子供達にも試食して貰おう。

そう考えた俺は、ユイと一緒に子供達へとジャムを配り……なぜか、はんぶんこしようと言い出した誰かの提案によって、子供達一人一人からジャムを食べさせられる流れになってしまう。

いかん……ユイだけでなく、他の子供達にまで俺が更に年下の子供として見られている！

本当に何とかしなければ!!

そうは思うものの、結局俺は一つたりとも、有効な手立てを見付けることが出来ず。

順当に歳を取って大きくなること以外に、子供扱いから脱却することは叶わないのだった。

＊

「うおぉ、なんじゃこりゃあ!?　思ったよりずっととんでもねえことになってるな……」

セントラル領の町でガードンの協力を取り付けたサリルは、彼と共に森にあるハクの棲み処へ戻っていた。

それほど長い間離れていたわけではなかったが、改めて目の当たりにするとなんとも奇妙な光景だと、驚愕するガードンに心の中で同意した。

まず目の前に広がっているのは、一面のイチゴ畑。それも、小さなジャングルと形容すべき旺盛な緑一色の光景だ。

そんなミニジャングルの中を元気に飛び回っているのは、真っ白なウサギ達。

地面を掘り返し、雑草を除去し、何なら伸びたイチゴの剪定《せんてい》まで行っているように見える。

以前見た時はあまり意識していなかったが、ただのウサギがここまで高い知能を持って動くことがあるのだろうか？

（ハク様の力の影響か、ソータと交流を持ったからか、それともその両方か……どちらにせよ、とんでもないな）

そして、凄まじいのはウサギ達の行動だけではない。

「ウニャァァァ!!」

「ナォォォォン!!」

「うぉぉ、今度は何の雄叫《おたけ》びだ!?」

突然聞こえてきた獣の咆哮《ほうこう》（？）に、ガードンが腰を抜かす。

そんな彼に大丈夫だと肩を叩きながら、サリルは〝声〟のした方へ向かって歩き出す。

イチゴのミニジャングルを越えた先、畑を避《よ》けて作られた広いスペースにいたのは、屈強な肉体に不釣り合いなほど可愛らしい猫耳を生やした、白猫の獣人――ソータに頼まれた、ハクの〝家〟を建てるための作業に従事する男達だった。

「わあ、しゅごい、しゅごい！」

切り分けられた大きな木々を軽々と担ぎ、圧倒的な力強さを見せつつ作業する彼らの中には、その場にそぐわない小さな子供の姿もあった。

頭の上に鳥を乗せ、腕にはウサギを抱えながら拍手する幼い子供。この集団を纏め上げる実質的な指導者。ソータだ。

「あ、さりる！　かえったんだ」

「ああ、約束通り、商人と話を付けてきたぞ。それ以外にも、いくつか土産がある」

「おみやげ？」

こてん、と首を傾げるソータの姿は、どこからどう見てもただの子供だ。こんな子供が指導者だと言われて、一体どれだけの人間がそれを信じるだろうか。

案の定、神獣の話すらあっさり信じたガードンでさえ、ソータを見て目を丸くしている。

「なあ、サリル。もしかして、この子がお前の言っていた……」

「ああ、そうだよ。っと、ソータ、土産の話はまた後にして、紹介しよう。こちらガードン、町でガードン商会って商店を開いてる俺の友人だ。今回、ジャムの流通に関して相談するために来て貰った」

「がーどんさん……そーたです、よろしく、おねがいしましゅ」

「お、おう、よろしくな、坊主」

ペコリと頭を下げたソータに、ガードンはやや戸惑いながらも握手を交わす。

それを終えると、少し腰を落としてソータと視線を合わせた。

「ジャムを買って欲しいってのは、お前さんの案か？」

「うん、そーだよ。きょーは、いえと、はたけのよーすをみにきたけど、ちょーどよかった」

ここしばらくは白猫の里に身を寄せていたソータだが、本人はあくまで自立を願っているため、いずれは完成したハクの家に住むつもりらしい。

その辺りの詳しい事情まではガードンも知らないが、何かしら感じる部分はあったのか、ソータの頭をわしわしと撫で始める。

「そうかそうか。まあ俺に任せておけ、お前のジャムは、俺が世界一有名なジャムにしてやるからな。ガハハ！」

「むぅ……よろしくおねがいしましゅ」

子供扱いが不服なのか、若干頬を膨らませながら頭を下げるソータ。

そんな姿がまた子供っぽく思えたのか、ガードンは豪快に笑い出す。

「ははは！　いい自制心だな、将来有望だ。おいサリル、お前の〝土産〟、そろそろ見せてやったらどうだ」

「分かってるよ、そう慌てるな」

これじゃあどっちが客人だか分からないな、と肩を竦めながら、サリルは背負った鞄からいくつかの器具を取り出した。

見たこともない奇怪な物体に、ソータはこてりと首を傾げる。

「さりる、なにこれ？」

「聞いて驚け。こいつはな、ハク様の力を俺なりに解析して作った、魔力の散布装置だ」

「まりょくの……さんぷ？」

「まあ細かい理屈は省くが……つまり、ハク様が離れた場所でも、畑の作物を育てたり、魔物や害獣を追い払ってくれる魔道具だな。これがあれば、今よりもずっと広い畑を作れるだろう。ハク様の力を蓄積《チャージ》しなきゃならないから、無限にってわけには行かないけどな」

「おおーーー」

サリルの説明を聞き、これ以上ないほどに瞳を輝かせるソータ。

まるで新しい玩具《おもちゃ》でも貰ったかのようにサリルの新発明を受け取ったソータは、にぱっと笑う。

「ありあと、さりる！　やっぱり、さりるすごい！」

「っ……はは、そうだろう？　これからも俺がどんどん便利にしてやるからな、期待しとけ」

「うん！」

ソータの素直な言葉に、サリルの心は大きく震える。

人に見られている手前、露骨に顔に出すようなことはしなかったが、内心では小躍りしたいほどに喜んでいた。

公爵家の子供としてではなく、個人としての能力を認められること。それがサリルの長年の願いだった。

幼い子供の、何の事情も知らない無邪気なお礼の言葉だったからこそ、サリルは疑う余地なくそれを受け入れられたのだ。

「良かったじゃねえか、サリル」

この場でただ一人、全てを知るガードンが肩を叩く。「……ああ、そうだな」と、いつになく素直に答えたサリルは、お返しとばかりにガードンの背を叩き返した。

「この魔道具の作製費用や素材は、ガードンが出してくれたんだ。先行投資だってな」

「ほんと？　がーどんさん、ありあとごじゃいまふ！」

「気にするな、その分儲けさせて貰う予定だからよ」

もう一度下げられたソータの頭を、ガードンがわしわしと撫でる。

そこでふと、彼は思い出したかのようにあることを尋ねた。

「そういやあ、この村？　って言っていいのか分からねえが……なんて名前なんだ？」

「なまえ？」

「名前か……そういえば、決めてないな」

獣人達の住む〝白猫の里〟という名を借りてもいいのだが、あくまで自立に拘《こだわ》っているソータはそれをよしとしないだろう。ならば、その代わりとなる名前がいる。

悩むソータに、サリルは軽く言ってのけた。

「そのまま、ソータ村でいいんじゃないか？」

「えー……」

ソータの村なのだから、それでいいだろうと考えたのだが、どうやらお気に召さなかったらしい。

ならばどうすると、サリルとソータは二人であれやこれやと悩みだす。

「決まったら教えてくれ」

どんな名前でも構わないとばかりに、ガードンは近くの木の根に腰を下ろして休憩を始める。

神獣がいて、謎のウサギがいて、一般人からすればかなり落ち着かない空間のはずなのだが、ガードンはお構い無しだ。

図太いな、と、サリルは友人の評価をこっそりと修正する。

「うーん……どうしよ」

その後、しばらくの間延々と議論を重ねて──

ソータが治め、神獣が住まい、ウサギ達の闊歩するこの奇妙な村の名は、ソータの前世に持っていた名字から、〝アリアケ村〟に決定されるのだった。

第三章　躍進のアリアケ村

セントラル伯爵家当主、バクゼル・セントラルは悩んでいた。

というのも、件《くだん》の日照りをどうにかするべく招集した、学者達への褒賞金支払いの問題が、未だに片付いていないからだ。

（こんなことなら、最初から参加者全員に一定額を支払う契約にするべきだったか……しかし、あの時は学者達をやる気にさせるにはこれが一番だと思ったのだが……はぁ）

予算の限りを尽くし、膨大な褒賞金を掲げて雨を降らせる者を募集した。ここまではいい。

だが、そのせいで誰が雨を降らせたのかをハッキリさせなければならなくなり……全員が全員、我こそがと名乗りを上げる事態になることまでは想像出来なかった。

（いや、考えれば分かることだった。分かることだったのに、見落としてしまったのは……我ながら、焦っていたのだろうな）

ああすれば良かった、こうすれば良かったと、濁流のごとく後悔が押し寄せてくる。

だが、こうして後悔出来るのも、無事に日照りが収まって町に活気が戻ったからだ。そう思えば、少しはマシになるというものだ。

「バクゼル様、本日の〝アレ〟のお時間です」

（いや、マシでもないかもしれん）

執務室にやって来た一人の執事。彼からもたらされた用件に、バクゼルは頭を抱えた。

〝アレ〟とは、バクゼルが学者達の不毛な口論を終わらせ、褒賞金の支払い先を決めるべく行っている苦肉の策。すなわち、我こそはと主張する学者達全員に、こう告げたのだ。

本当に我こそが雨を降らせたと豪語する者は、私の目の前で今一度雨を降らせて見せよ、と。

「今日の予定は、どの学者だ？」

「天候学者のシューレマン博士ですね。比較的温厚な人物として知られております」

「そうか、なら少しはマシになるといいのだが」

雨を降らせて見せよ、と言ったことで、確かに誰が降らせたのかという不毛な口論は収まった。

だが、今度は雨降らしに関するルールの制定で議論が巻き起こる。

やれ、私の雨降らしは効果が出るのに数日必要だの、準備に一ヶ月はかかるだの、貴重な素材を使っているので資金が足りないだの。

仕方ないので、今後似たような事例が起こった時のための先行投資だと割り切って資金を出し、呼び出した日から三日以内に降った者のみをカウントする勝ち抜き戦方式で、最後まで残った者に褒賞金を支払う、としたのだが……いざ始めてみれば、それでもごねる。

やれ今回は失敗したが次こそはと、リトライをねだるくらいなら可愛いもので、やはりこのルールでは再現出来ないとちゃぶ台返しを狙う者すら珍しくない。

既に十人ほどの結果を経て、勝ち抜いたのは三人という状態だが……これでは、全てが終わるのはいつになることか。頭が痛くて仕方がない。

(結局、一度の主張で素直に引き下がってくれたのはサリル様だけだったな。皆、あれくらい素直なら楽だったというのに)

彼の主張は、素人であるバクゼルから見ても頓珍漢なものではあった。こんな無理な主張をしてまで金が欲しいのかと、呆れさえした。

だが今にして思えば、彼が一番潔く、誠実な人間であったのかもしれないと思う。

いや、デタラメな成果で金を受け取ろうとしたのだから誠実も何もないのだが、そう感じてしまうほどに、この一ヶ月にも渡る学者達との付き合いは、バクゼルの精神を磨耗させていた。

「それでは伯爵様、まずは私の提唱する理論を一から説明させていただきます!!」

執事に導かれて到着した、屋敷の裏庭に用意された実験場。そこで準備万端待ち構えていた老紳士――風に見せ掛けた、それはもう自分に酔っていると一目で分かる学者の姿に、バクゼルは早くも諦めの境地に至りつつあった。

「ああ、うん……手短に頼む」

一応、そう宥めてみるのだが、シューレマンという名の彼が説明の手を緩めることなどなかった。

なんでもいいから早く終わらせてくれ――と、バクゼルのみならず彼の家臣達までもがそう思い始めた頃、ようやくシューレマンによる実験が始まる。

「それでは、ご覧ください!!」

裏庭に用意された、仰々しい大型の魔道具。魔力を蓄え、魔法の才に乏しくとも魔法を扱うために開発されたその道具に秘められた力が解放され、大空へと打ち上げられる。放たれた魔力は、そのまま空の上で弾け、キラキラとした輝きを放った。

見ている分には綺麗だな――と、そんなことを考えながら、バクゼルは一応聞いていた彼の理論を思い返す。

(特殊な魔法を打ち上げることで、空気中の水分をかき集めて雨雲を作り出す魔法、だったか。私は他の連中とは違う、その場で雨が降らなければ失格としても構わないなどと豪語していたが……)

雲一つない晴天に、雨が降る様子など微塵《みじん》もない。

十分、二十分と、何も起こらない時間が過ぎ去るのに合わせて、シューレマンは見るからに慌て始めた。

「バカな、なぜ……!!」

「……シューレマン博士。お約束通り、失格ということでよろしいかな？」

「お、お待ちくだされ！　もう少し、もう少しお待ちを!!　そもそも、此度《こたび》のルールは三日以内に雨が降った者のはずです!!」

「その場で降らなければ失格で構わないと言ったのは、貴殿だったと思うが」

「そ、それは言葉の綾《あや》と申しますか……!!」

あーだこーだと言い訳し、とにかく自分の失敗を認めようとしないシューレマン。

実際、ルール上は三日待つことになっているのだ。この場で降らなかったからと、本当に失格にするのはどうかとも思うのだが、まるで子供のように駄々を捏《こ》ねる老人の姿を見ていると、もう失格でもいいのではないかと思えてくる。

だがそこで、予想外の事態が起こった。

西の空——森がある方角から徐々に雨雲が広がり、こちらまで流れて来ているのだ。

「これは……」

「おおっ、おおおお!!」

歓喜に打ち震えるシューレマンを冷めた目で眺めながら、その場で待つこと一時間弱。すっかり空を覆い尽くした雲から、ポツポツと雨が降り始めた。

思わぬ事態に、バクゼル達はなんとも言えない複雑な表情を浮かべる。

「見てください、伯爵様!!　これこそが、私の研究の成果!!　他の凡百な学者とは異なる才能の発露です‼」

「……先ほどの貴殿の話では、雨雲を〝作り出す〟魔道具だったはずだが。この雲は、西の空から流れて来なかったか？」

「そ、それは伯爵様の聞き間違いでございます。これは、そう、雨雲を呼び寄せる魔道具‼　特殊な魔法により、遠く離れた雨雲も瞬く間に呼び寄せる魔道具なのです‼」

「………………」

「と、ともかく、これで私も次のステージに進めるということでよろしいですね？　ふ、ふふふ、次回こそは、運だけで勝ち上がった他の学者との違いをお見せして差し上げましょう‼」

次こそはって、今回は失敗したと認めているじゃないか……とバクゼルは思ったが、口にはしない。

相手が自分と同じ政治家であれば詰める価値があるのだが、シューレマンのような学者の言葉尻をとらえても、得られるのは疲労感だけだ。そのことを、既にこの一ヶ月で十分過ぎるほどに学んでしまっている。

「……次の実験の日取りが決まったら連絡する。それまでは、自分の研究に専念しておいてくれ」

「かしこまりました！」

それでは、と、シューレマンが逃げるようにその場を後にする。

ドッと押し寄せる疲労感に、バクゼルの太ましい体はそのまま地面を転がっていきそうだった。

いっそボールになりたい、と思い始めた彼の下に、執事が歩み寄ってくる。

「バクゼル様……お疲れのところ申し訳ございませんが、お客様です」

「……今は忙しいと言って追い返せ。今日はもう仕事をしたくない」

「お気持ちは分かりますが……だからこそ、会ってみるのも一興かと。ガードン商会が、是非ともバクゼル様に味わってみて欲しいと、甘味を持ち込みました」

「なに？　甘味だと？」

屍《しかばね》のよう……というには豊か過ぎる肉体を持つ彼が、甘味と聞くや即座に活力を取り戻す。

その見た目に違わず、バクゼルは甘味に目がないのだ。

「はい、こちらになります。既に毒味は済ませましたので……心行くまでご堪能くださいませ」

あくまで、渡されたものに危険がないかを確かめてから持ってきただけであるはずの執事が、やけに自信たっぷりな様子で瓶を差し出す。

どうやら、中身はジャムらしい。色味からして、イチゴあたりだろうか？

この辺りの主要産物は麦などの穀物や野菜であり、果物の類は少ない。

そんな中での、イチゴを使ったジャム。それだけで、バクゼルからすれば垂涎《すいぜん》の品物だった。

「どれどれ……」

あくまでも領主としての威厳を保ちながら、渡されたスプーンでジャムをひと掬い、口へと運ぶ。

その瞬間――バクゼルは比喩でもなんでもなく、天に昇るかと思った。

「う、美味い――！」

身体中の疲れが吹き飛ぶかのような、爽やかな甘さ。

全身が悦びと幸福に満ち溢れ、つい先ほどまで感じていた鬱々とした気分が嘘のように晴れ渡る。

それどころか、長年の悩みだった腰痛さえも軽くなった気がした。

嫌になるほどに不味《まず》いポーションを痛み止め代わりに使い、騙し騙し動かしていたというのに。

「これほどまでに美味いジャムは、生まれて初めて食べたぞ!!　ガードン商会と言ったな、今すぐ会おう!!」

「かしこまりました」

先ほどまでの姿が嘘のように軽い足取りを見せる主に、執事はホッと息を吐く。

やがて、応接室に通されたガードンと対面したバクゼルは、長年の友人を迎えるかのような笑顔で手を差し出す。

「バクゼル・セントラルだ。伯爵家へようこそ、歓迎しよう」

「これはこれは、ご丁寧にありがとうございます。私がガードン商会の主、ガードンと申します」

バクゼルがガードンと会うのは、これが初めてだ。

もちろん、領内で商いを行う商会の一つとして、名前くらいは把握していたが……よくある個人商店の一つ、という程度の認識で、さして気にも留めていない。

そんな間柄であることなど、一切感じさせない友好的な態度。どれだけ彼がジャムを気に入ったのか、この上ないほどにガードンへ伝わった。

「私が持ち込んだジャムは、どうやらお気に召していただけたようですね」

「いかにも！　私も領主として、それなりに高級な品を口にする機会はあるが、あれほど上品で爽やかな味わいのジャムを口にしたのは初めてだ！　あのジャムは一体何なのだ？　貴殿の商会の新商品か？」

「落ち着いてください、ちゃんと説明致しますので」

「おっと、これは失敬。あまりにも素晴らしい美味と出会えたことで、年甲斐もなく興奮してしまったようだ」

苦笑を浮かべるガードンに、バクゼルは素直に恥じ入った。

これでも、海千山千の貴族であり、政治家であるという自負がバクゼルにはある。それなのに、まるで子供のようにはしゃいでしまっていた。

こんなことでは、先ほどのシューレマンを笑えないなと自嘲する彼に、ガードンは満を持して口を開く。

「こちらはアリアケ村という、森の奥深くにある小さな村で採れたイチゴで作られたジャムになります」

「アリアケ村……聞いたことがないな。それに、森の奥深く、だと？」

「はい、最近出来たばかりの、まだどの領地にも属していない者達が、これを作り上げたのです」

「バカな、信じられん……」

セントラル領は、農作物の生産によって成り立つ町だ。果物は主流ではないとはいえ、少数ながら栽培し、安定して生産する方法を確立しようと研究を続けている。

そんなセントラル領に先立って、これほど美味なジャムを生み出したのが、何の後ろ楯もない未開の村だという。にわかには信じがたい話だった。

「私は、このアリアケ村と運良く交流を持つことが出来ました。彼らは我々との交易を望み、こちらのジャムを始めとした果物類を用いた食品、それに砂糖を中心に出荷していく予定です。が……何分、まだまだ村としての形を成したばかり、大量生産とはいきません」

「なるほど。つまりはこの私に、アリアケ村開発のパトロンになって欲しいと、そういうわけだな？」

「仰る通りにございます」

　セントラル家を客として商売するだけでも、十分安定した利益になるだろう。だが、それだけで良いのであれば、わざわざ大量生産出来ないことをここで明かす必要はない。

　セントラル家に優先してジャムを卸し、販売の利権を一部譲渡することで、伯爵家の資金を利用しようとしている。

　さらにいえば、こうして領主たるバクゼルを先んじて味方に引き入れておくことで、新興事業にありがちな既存の産業との軋轢《あつれき》を回避する、体《てい》の良い弾除けに使おうという魂胆も見える。

　貴族相手にとことんまで利用してやろうという、あまりにも大胆な一手だが、バクゼルはそんなガードンの強《したた》かさを気に入った。

「良かろう。セントラル伯爵家の名において、貴殿の望む支援をすると約束しよう。期待しているぞ」

「ありがたき幸せです」

　その後、細々とした取り決めを話し合い、後日必要な物質のリストと費用について纏めた書類を提出するという形で、今回はお開きとなった。

　当主自ら見送るという、最後まで破格の待遇でガードンをもてなしたバクゼルは、手土産にと残されたジャムを大事そうに抱えながら鼻歌を溢す。

「ご機嫌でいらっしゃいますね、バクゼル様。ジャムが相当にお気に召したのは分かりますが、そうして後生大事に抱えているのはあまり褒められた行動ではありませんよ」

「分かっておる。しかし、もう少しくらいいいではないか。彼の話が本当なら、本格的な体制が整うまでは、なかなか味わえん品物なのだからな」

再びスプーンでジャムを味わいながら、バクゼルはだらしなく頬を緩める。

食堂でも、執務室ですらない屋外での長々とした食事など、はしたないと注意するべきなのが執事の立場だが、彼のここ最近の疲労ぶりを考えるとあまり強くも言えない。

今回だけですよ、と小さく釘を刺すに止《とど》める。

「しかし……未開の部族、とのことですが、一体何者なのでしょう？　森の奥に住んでいる、とのことでしたが……」

「予想はつく。大方、人族以外の異種族なのだろう。もしかしたら、伝説のエルフと邂逅《かいこう》したのかもしれんな」

「え、エルフですか⁉」

主の突拍子もない発想に、執事はぎょっと目を剝いた。

エルフといえば、数千年前に絶滅したと言われている、全ての生命と魔法の祖とされる伝説の種族だ。

彼らの魔法はあらゆる自然を意のままに操り、天変地異すら巻き起こしたという。

「まあ、さすがにエルフそのものとは思わんが、近い力を持っているのは間違いないだろう。何せ、あの日照りの中であっても問題なく果物を育てているのだからな」

雨季に直撃した日照りの影響で、セントラル領の作物は大打撃を受けた。

どうにか持ち直すことには成功したが、それでも収穫量は例年より大きく落ち込まざるを得ず、しばらくは懐が寒くなると見込まれている。

そんな中にあってなお、これほどの品質のイチゴを育てきって見せたのだ。個人的な趣味だけでなく、為政者として見ても放っておける相手ではない。

「今回の話は、何がなんでも形にするぞ。自由になる金は全て動かせ」

「それは構いませんが……我々も資金にさほど余裕はありませんよ？」

「学者どもに支払うつもりで用意しておいた金があるだろう。それをつぎ込んで構わん」

「……よろしいのですか？」

「どうせ、あのバカどもが決着をつけるのに一年はかかる。そんなに長い間遊ばせておくくらいなら、ここで使った方がマシだ」

「……かしこまりました」

先ほどのシューレマンの様子を思い出し、確かにと納得せざるを得なかった執事は、承諾の意を込めて礼を取る。

それを確認したバクゼルは、久しぶりに楽しそうな表情で空を見上げた。

「天は私を見放したかと思っていたが、まだまだ運は残っていたようだな！　アリアケ村……どのような部族かは知らんが、精々利用させて貰うとしよう！　わははは！」

利用とは言っても、何も一方的に搾取しようというのではなく、ちゃんと協力して共に発展するつもりだ。その方が長く利益を得ることが出来るのだから、当然である。

そんな言い方しか出来ないから、微妙に悪徳貴族っぽく見られるんだよなぁ……。

高笑いするバクゼルを見て、執事はひっそりとそんなことを思うのだった。

＊

俺がこの世界に来て、二ヶ月以上が過ぎた。

ガードンさんがセントラル伯爵家から支援を引き出してくれたお陰で、俺達も麦やら鉄製品やら、森の中では貴重なものをたくさん仕入れられるように。

ネックだったのは輸送方法だったけど、そこは獣人の皆さんが請け負ってくれることになった。週に一度、森のすぐ近くにある小さな村に何人かで向かって、ガードンさんが手配した配達人から物資を受け取る手筈になったんだ。

最初のうちは俺が同行して通訳しなきゃいけなかったけど、お互いに使えるハンドサインみたいなのを共有したことで、俺抜きでも物資の受け渡しくらいはもう出来るように。

しかし、ここまで来ると、一つ問題が出てくる。俺、獣人の皆さんを頼り過ぎじゃない？ということだ。

ウサギ達やハクとトゥーリはともかく、白猫の里の人々はアリアケ村の住人というわけじゃない。ただ協力して貰ってるだけだ。

なので、今後のためにもここは一つ、お互いの関係性についてしっかり線引きするべきだろうと、俺はサリルとトゥーリと一緒にフガンさんの屋敷を訪れ……。

「……？　我々は既に、アリアケ村の一員のつもりでしたが」

そんなお答えを頂いた。あれえ？

「……そーなの？」

「ソータ殿ご自身が、部下になれと仰ったではありませぬか」

「いあ、あのとき、へんじもらえなかったから」

もはや理由も忘れたが、あの時はバタバタしていて、結局結論は先送りにされたものと思っていた。

だけど、フガンさんとしては、あのやり取りだけでもう俺の傘下に降《くだ》ったつもりだったらしい。

「むしろ、ここまで来て今更我らは関係ないと言われても困りまする。もはやこの里は、ソータ様と天猫様の力なくしては回りませんのでな……」

ハクの力で、サトウキビ畑を再生したわけだけど……それで作った砂糖は、これまでのものよりずっと味が良かったらしい。

加えて、俺達が提供するイチゴや、最近拡張した畑で育てているリンゴ、ブルーベリーを使った各種ジャム。あれがもうすっかり白猫の里に定着し、今やあれなしでは生きられないという獣人が続出しているんだとか。

「まさしく天にも昇る味わいでありながら、長く保存も出来、人間達との売買で貴重な鉄製品まで手に入れられる。仲間から聞いた話では、ほとんど寝たきりだった老人がジャムを食べた途端一夜にして快復し、若い頃と同じように凄まじい力で一気に森の開墾を進めたほどの代物ですじゃ。今更手放せと言われても、民自らアリアケ村に移住してしまうじゃろうて。何なら、ワシも行きますぞ」

「ふがんさんも⁉」

思っていた以上に、ジャムのパワーが凄まじい。というか、寝たきりの老人が快復して翌日には働き出したって何？　それもはやジャムに似た別の何かでは？

「だから言っただろうソータ、心配はないと」

『白猫の獣人達が、今更ソータから離れられるわけがないからね』

サリルとトゥーリも、口々にそう言って納得している。

えっ、待って、俺がおかしいの？　ジャム一つのために平然と里全てが俺の傘下に入るのってそんなに自然なことなの？

「というわけで、じゃ。ソータ殿、そんなしょうもない話ではなく、もっと重要な話をしましょうぞ」

「しょーもなくないとおもう」

「実はですな……」

聞いてないし。

「畑が、また荒らされるようになったのですじゃ」

「ほんとーに、けっこーだいじなはなしだった」

里丸ごとアリアケ村に統合されることとどっちが重要かと聞かれると微妙だが、食い扶持《ぶち》がなくなる危機となればまあ重要には違いない。

けれど、未だに畑が荒らされるなんて、おかしな話だな。

「畑が……？　そんなバカな、散布魔道具はちゃんと機能しているはず……!!」

サリルと事態を共有すると、当然その疑問が飛び出して来る。

そう、確かに最近はかなり畑を広げたとはいえ、それを補うためにサリルがハクの力を散布するための魔道具を作ったんだ。

あれのお陰で、作物の育ちは良くなるし、害獣や魔物はハクの力を恐れて近付いて来ない、一挙両得のシステムだったんだけど、その効果が弱まってる？

『ふむ、まあ恐らくは、それほど食料事情が切羽詰まった魔物がいるか……あるいは、ハクに慣れたのかもしれないね』

「なれた？」

『ああ。元々、ハクはのんびり屋の寝坊助で、基本的には人畜無害だ。その力の大きさから、大抵の生き物は避けて通るんだが……時々、近付いても襲われることはないって学習する小狡いやつもいるようでね。ハクの棲み処でも、たまに他の生き物を見かけることがあるんだ』

「ふむふむ」

サリルの魔道具が悪いんじゃなくて、ハクの力を恐れない図太い害獣がいるってことか。

そんなトゥーリの予測を話すと、サリルは悔しそうに呻いた。

「そうか、学習されるパターンもあるか……なら、考えられる対策は……」

頭の中で色々と考えているのか、サリルはブツブツと独り言を漏らしている。

ちょっと怖いので、今はそっとしておこう。

「ふがんさん、なにがわるさしてりゅのか、わかゆ？」

サリルが根本的な解決策を考えてくれている間に、俺はひとまず目の前の問題を解決するための繋ぎの策を講じるとしよう。

そんなわけで、フガンさんに今回の一件の主犯について尋ねてみると……明確に、一つの答えが返ってきた。

「ゴブリン……それが、畑荒らしの元凶ですじゃ」

「ソータ様、ゴブリン退治はお任せを。あんな奴ら、私がけちょんけちょんに叩きのめしてやります」

「ゆいは、あぶないから、おるすばんでよかったのに」

鼻息荒く拳を握り、シャドーボクシングっぽい何かをしているユイを、俺は軽く窘《たしな》める。

＊

フガンさんから、ゴブリンによる農作物被害を聞かされた俺達は、早速その問題に対処すべく、対策チームを結成して森の中を歩いていた。

とはいえ、そう大それたもんじゃない。トゥーリが巣穴を探しだし、ハクという最強の護衛を引き連れた俺が直接巣穴の中に乗り込むという寸法である。

なお、この作戦を説明した途端、猛反発してついてきたのが、ユイとサリルの二人だった。

サリルはまだ分かるけど、ユイは子供なんだからついてきちゃダメでは？

「そもそも、ソータがいるのもおかしいだろう。討伐するなら獣人達に任せた方がいいはずだ」

「ううん。とーばつじゃなくて、なかまにすゆ」

「……は？」

俺の発言に、サリルがポカンと口を開けたまま固まってしまった。

やがて、時間をかけてその内容を理解したのか、サリルは凄い勢いでブンブンと首を横に振り回し始める。

「いやいやいやいや、無理だろう、いくらソータでも流石にそれは!!　相手は神獣でも獣人でもましてや動物でもない、魔物だぞ!?」

この世界において、動物と魔物には明確な違いがある。

体内に持つ魔力量が一定を超え、特殊な能力や魔法を発揮するようになったものを魔物。そうでないものを動物と呼ぶ。

そして、動物と違い、強力な力を持った魔物は凶暴なことが多いんだと。

「でも、そのりくつだと、はくやとーりがおとなしいの、へんじゃない？」

「それは、まあ……何事にも例外はあるというか」

「あと、にんげんのまほーつかいも、まもので、あぶないってことになっちゃう」

魔力があって、魔法を使えることが魔物の条件なら、人間だって魔物だろう。

そう何気なく言ったら、サリルは困ったように頭をかく。

「まあ、それはそうなんだが……ソータ、悪気がないのは知ってるが、もし町に行く機会があったら今の言葉は口にするなよ。魔法使い排斥派の人間だと勘違いされるからな」

「そーなの？」

どうやら、魔法使いを魔物扱いするのは、この世界で大真面目に存在する差別意識らしい。

サリルは「事実、分類としてはそうなるだろう」っていう割り切った考えみたいだけど、人によっては激怒するんだってさ。

……危ない危ない、あくまで例え話のつもりだったんだけど、変なところで地雷を踏み抜くところだった。気を付けよう。

「まあ、言いたいことは分かった。つまり、ゴブリン達も魔物だからって話が通じない相手とは限らないってことだな？」

「うん、そーなの！」

気を取り直して、サリルの方から俺の言いたいことを汲み取ってくれた。

それに、何も本当にただの平和主義で言っているわけじゃない。

サリルやトゥーリ、それにフガンさんから聞いた話を総合すると、ゴブリンってのは基本的に臆病で知能が高く、争いごとを避けながら他人の獲物を横取りする、〝森のハイエナ〟と呼べる存在らしいのだ。

魔法を使ったりすることもあるが、それは成長進化した一部のリーダー個体のみで、基本的には魔法も何も使えない人型の動物というのも、俺が交渉しようと思えた一因となっている。

要するに、魔物の中でも限りなく動物に近くて弱い相手だから、ハクの力と恩恵をバックに迫れば、シロ達ウサギ同様、アリアケ村発展のために働いてくれそうだと思ったわけ。

「ごぶりんの、なかまがいたら、はたけ、もっとふやせる！　いろんなの、たべれりゅよ！」

「色んな食べ物……じゅるり、楽しみです」

俺の狙いを聞いて、ついさっきまで戦《や》る気満々だったユイが涎を垂らしている。

うん、欲望に素直なのはいいことだよ。ちょっと単純過ぎて将来が心配になるけど。

「だから、こんかいは、はくにきたいしてゆ。おねがいね」

『要するに、ゴブリン達が変な真似《まね》をしないように睨んでおけばいいのだろう？　任せておけ。良い寝床を作ってくれている礼だ』

普段寝てばかりのハクが、珍しくやる気を見せている。

どうやら、俺が獣人達に頼んでおいたハクの寝床が、想像以上に良い感じに仕上がってきているらしい。それこそ、ぐうたらなハクが恩返しのために自分から働こうと思うくらいには。

まあ、ハクの場合、働かなくてもただそこで寝てるだけで十分役に立ってくれてるんだけど……せっかくやる気を出してくれてるんだから、黙っておこう。

『おーい、ソータ。ゴブリンの巣穴を見付けた、この先だ』

「とーり、ありあと」

早速ゴブリンの巣穴を見つけ出してくれたらしいトゥーリの先導に従い、森を歩いていく。

まあ、歩くとは言っても、俺の足では森は歩けないから、サリルに抱えられてだけど。

最近はシロ達に運ばれることも多かったから、こうやってサリルに抱かれるのも久し振りだ。

ちなみに、なんで今回はシロ達じゃないのかというと……みんなには、畑の整備をお願いしてきたからだ。荒らされた獣人達のサトウキビ畑を片付ける手伝いだな。

「さりる、おもくない？」

「全然重くないから心配するな。というか、育ち盛りなんだからもっと食べて重くならなきゃダメだぞ、ソータ」

「む、むむむ」

確かに、俺はこの二ヶ月であまり成長していない。

いや、たった二ヶ月で目に見えて変わったらそっちの方がまずいんだが、このままではいつまで経っても移動の度に誰かの力を借りることになってしまう。

ぐぬぬ、もっと大食いにならなければ！

『見えてきた、あれだよ』

トゥーリの飛んでいった先にあったのは、地下に向かってぽっかりと口を開けた大きな洞窟だった。

これ、自然に出来たにしては大きすぎるけど、どうやって作ったんだろう？　ゴブリンの魔法とかかな？

「それにしても……ごぶりんは、いない？　みはりとかは？」

「洞窟の中は音が反響するからな、外敵が侵入すればすぐに伝わるということだろう。ゴブリンは大抵そういう構造で巣を作っている」

ふとした疑問を口にすると、サリルがすぐに答えてくれた。

流石は魔物学者、そういうのすぐに分かるんだな。

それに、やっぱりこの洞窟って自然のものじゃなくて、ゴブリンが作ったのか。へー。

「さりる、すごい」

「ふふふ、これくらい大したことはないさ」

謙遜しながらも、嬉しさを隠しきれない様子で頬を緩めるサリル。ははは、可愛いやつめ。

そんな彼の様子は、言葉が通じずとも伝わったんだろう。ユイが顔を覗き込む。

「サリルさん、嬉しそうですね。何を言ったんですか？」

「すごいねって、ほめた」

「私も褒めてください」

「そのたいみんぐが、あったらね」

「むぅ、ケチですね」

サリルとは対照的に、ぷくっと頬を膨らませて不満を露わにするユイ。

表情だけでなく行動にも移し、俺の頬っぺを指先でつついて悪戯《いたずら》してくる。

「こらこら、何を話してるか知らないが、ここからは魔物の領域なんだ。油断するなよ」

「はーい」

俺の方からユイにも注意を呼び掛けつつ、いざ洞窟の中へ！　……と思ったんだが、早速一つ問題が発生した。

『待て、ソータ。狭くて入れんのだが……』

「えー……」

振り返ってみたら、ハクが洞窟の入り口に体の前半分を突っ込んで止まっていた。

偉大な（？）神獣のそんな情けない姿を見て、同じ神獣仲間のトゥーリは呆れている。

『ハク、君、食っちゃ寝しすぎて太ったんじゃないかい？』

『何を言う⁉　確かに寝てはいたが、トゥーリと違って食事などは……』

『神獣の食事は魔力だろう？　それも、君の場合は周囲にいる生物が直接放出する魔力だ。アリアケ村が賑やかになるにつれて、食事量も増えたはずだよ』

『…………』

トゥーリの指摘に、ハクはそっと顔を逸らした。

ハクは特に食事とかしないから、いくら寝てても太ることとは無縁だと思ってたんだけど……どうやら、そうでもないらしい。

『ほら、遊んでないで早く入ってきなよ。体を小さくするくらい、君なら簡単だろう？』

『窮屈だからあまりやりたくはないのだが……仕方ないか』

諦めたように溜め息を溢したハクは、少しだけ身をすぼめ……ぴかっ、と全身が光り輝く。

それが収まったかと思えば、そこには小さな子猫サイズにまで縮小したハクの姿があった。

可愛いな……。

『ううむ、やはりこう、少しこの姿は窮屈だな。ソータよ、早く用事を済ませて帰……ぬおぉ⁉』

「か、可愛いです‼」

俺と同じことを思ったのか、小さくなったハクをユイが抱き締めている。

思わぬ暴挙に、ハクは目を白黒させていた。

「まさか、天猫様がこんなお可愛らしい姿にもなれるなんて……‼　はあ、もうずっとこの姿でいませんか？　私がお世話してさしあげますよ。ほーらわしゃわしゃ」

『こら娘！　急に何をしているのだ！　やめ……こ、こら、くすぐるでない、やめんかぁー⁉』

大きな体では威厳たっぷりだったハクも、こうなってしまえば本当にただの子猫みたいだ。

ユイの拘束から抜け出すことも出来ず、ひたすら撫で回されている。

……俺もちょっと触ってみたい。

「どうしたソータ、そんなに羨ましそうな顔して。ユイと一緒にハク様を撫でたいのか？」

「そ、そんなにわかりやすい？」

「そうだな、かなり」

サリルに考えていたことをあっさり看破され、少しばかり恥ずかしくなる。

けれど、サリルの方は「何を恥ずかしがる必要がある」と言いながら俺を降ろした。

「遊びたいなら手短にな。俺はそこの死鳥と見張りをしておくから」

「あ、ありあと」

こうお膳立てされては、堪能するしかあるまい。

というわけで、俺は早速ユイとハクの下へ向かう。

『ソータ、助けに来てくれたのだな!!』

俺の接近に、真っ先に気付いたのはハクだった。

けどごめん、俺は今回、ユイ側の人間なんだ。

「ゆい、おれも、やりたい」

「ソータ様も？　ああ、分かりました」

ハクを撫で回す役を代わって貰おうと、ユイに手を伸ばし……なぜか、ユイはハクをそのままリリースした。えっ？

「はーい、よしよしよしよし」

突然の裏切りに驚く暇もないままに、今度は俺がユイに撫で回され始める。ちょっ、なんで!?

「ゆい、おれじゃ、なくて！　はく、なでたいの！」

「大丈夫です、分かってますよ、天猫様ばかり可愛がられて寂しかったんですよね？　私に任せてください、いくらでも可愛がりますので」

「ちがぁーう！」

くそぅ、この子全然人の話聞いてない!!

まさかの事態に、俺は急いで周囲に助けを請うべく視線を巡らせるのだが……ハクは二度と巻き込まれないためにそそくさと退避してるし、トゥーリは真面目に偵察しててこっち見てないし、サリルは「まあこれはこれで楽しそうにしてるしいいか」とか言ってるし！

楽しんでない!!　俺はもうこんな風に可愛がられて喜ぶ歳じゃないから!!

『さて、お楽しみのところ申し訳ないけど……来るよ、ゴブリン達だ』

何とかユイの拘束から逃れようと足掻《あが》いていたら、トゥーリから重要な情報がもたらされる。

よし、これでようやく解放される……と思ったら、むしろより強く抱き締められた。なんで？

「危ないですから、最初は様子見ですよ、ソータ様」

「ソータ、しばらくそこにいろ、お前の出番は、向こうに敵意がないと分かってからだ」

『ソータは……うん、そこならとりあえず問題なさそうだね、大丈夫って言うまで下がってるんだよ』

『一番槍は私が務める、ソータはそこで見ているがいい』

いやあの、みんな、過保護過ぎでは？　何なら、様子見のために俺の翻訳スキルが必要な状況だよね？

なんてことをあれこれ考えている間にも状況は進み、洞窟の奥からたくさんの足音が近付いて来る。

太陽の光がほとんど届かない洞窟の中では、かなり近付かなければその輪郭を捉えるのも難しい、緑色の肌。

身長は、俺と同じか少し大きいくらいだろうか？　二足歩行の人型であるという点も含めて、事前に聞いていたゴブリンの特徴と一致している。

唯一違うのは……そんなゴブリン達を率いるように先頭に立つのが、サリルと同じくらいの身長を持つ、長身のゴブリンだったことだ。

「ホブゴブリン……!?　進化個体もいるとは、思っていた以上に大規模な群れのようだな……!!」

緊張の滲む声で、サリルはどこからともなく機械的な見た目の杖を取り出し構える。あれが武器なんだろうか？

そんなサリル同様、ゴブリン達も武器を持ち、どこか緊張した様子だ。

『さて、どう出て来る？　やる気ならば私が相手になるが』

子猫モードのハクがサリルより前に出て、威嚇《いかく》するように毛を逆立てている。

……どうしよう、真面目な場面のはずだけど、ハクの見た目のせいかむしろ和む。

ただ、そんな感想を抱いているのは俺だけのようで、先ほどまであんなにふざけていたユイですらごくりと生唾を飲み込んでいた。

『……天猫様、我らゴブリンに反抗の意思はありません。どうか怒りを鎮めてくださいますようう……どうか』

そんなピリピリした空気を最初に破ったのは、ゴブリン達だった。

長身のゴブリンがその場に膝を突いて平伏すると、他のゴブリン達も武器を捨ててそれに倣い始めた。どうやら、あえて武器を持ってくることで、敵意がないことを分かりやすく示そうとしたようだ。

「ゆい、はなして。みんなも、もうだいじょーぶ。あとはまかせて」

思っていた通り、ゴブリン達は敵とみれば即座に襲い掛かって来るようなバーサーカー集団ではなかったみたいだ。

対話の余地が十分にあると判断した俺は、ハクの隣に並んで長身のゴブリンに声をかける。

「はじめ、まして。おれは、そーた。あなたの、なまえは？」

『つ……!?　に、人間が喋った!?』

それまで大人しくしていたゴブリン達が、俺が話し掛けた途端驚いて武器を取り直し、大きく後退して壁際まで引いてしまう。

……えっ、俺が喋ったこと、そんなに怖かったの？　これまで驚かれることはあっても引かれることはなかったから、ちょっとショックだ……。

「ソータ、やはりそいつらは……!!」

「まって、さりる。ちょっと、びっくりしてる、だけだから」

また武器を持ったことで、せっかく霧散した緊張感が戻ってきてしまった。

どうにかサリルを宥めつつ、再度の交渉に臨む。

「おちついて。おれは、こわくないよ。はく……てんびょーの、ともだちだから」

『友、だと……？　人間が、天猫様の……？』

予想の埒外《らちがい》だったのか、ゴブリン達に戸惑いの感情が溢れていく。

ひとまず、いきなりドンパチする流れは回避出来たようなので、ホッと一息といったところか。

「あらためて、おなまえは？」

『……名前はない。ただ、仲間達からはキングと呼ばれている』

「そーなんだ。じゃあ、きんぐ」

ゴブリンの王様だから、キングなのかな？　まあ、覚えやすくて良いね。

「おれたちは、ごぶりんが、むらのたべものをもっていくことを、こーぎしにきた。あれは、おれたちのだから」

自己紹介も終わったところで、俺は今回の来訪理由について簡潔に述べる。

すると、キングは困ったように顔をしかめた。

『天猫様の縄張りで食料を得ていたことを言っているのであれば、確かに我々が行ったことだ。だが、こちらにも事情があるのだ』

「じじょーって？」

『……少し前まで続いていた日照りの影響で、森中の食料が不足している。強大な魔物から小動物に至るまで、食料確保のために縄張り争いが激化しているのだ。我らゴブリンは弱小種族、もはや他の魔物達が手を出せない、天猫様の縄張りに踏み入るしかなかった』

「あー……」

そうか、しっかりと農業をしている白猫の里や、森の外にあるセントラルの町でさえ大打撃を受けるほどの日照りだったんだ。野生動物や魔物にとっては、もっと被害が大きかったとしても不思議じゃない。

そこまでは考えてなかったな……というか、ハクの寝坊一つでどんだけ悪影響出てるのさ。知れば知るほど、トゥーリが異世界転生なんて手段に頼ってまで慌ててハクを叩き起こそうとした理由が分かるよ。

『縄張りに手を出すなと言われれば、我々は従う他ないが……それでは、我らの群れは全滅してしまう……!!　あれほどたくさんの食料があるのだ、頼む、少しでいいから分けて欲しい!!

我らに出来ることならなんでもする‼』

必死に懇願するキングの姿に、他のゴブリン達も口々に『キング！』『オレタチシニタクナイ』『タスケテ！』と頭を下げ始めた。

元々追い出すつもりなんてなかったけど……なんでもするって言われたら、当然返す言葉なんて決まってる。

「いま、なんでもすゆっていったよね？」

『あ、ああ……仲間の命を保証してくれるなら、それ以外は』

ちょっと不安になったのか、命以外はとちゃんと線を引くキング。

まあ、元々そんなものを要求するつもりはなかったから、関係ないんだけど。

「じゃー、みんな、おれたちのむらで、はたらこっか」

『働く……？』

「うん。いっしょにはたけつくって、それをしゅーかくするの」

元々、俺がここに来たのは、ゴブリンを労働力の足しにしようと思ったからだしな。結構数がいるみたいだし……それに。

「このどーくつも、いーかんじだし」

畑を広げる上でネックなのは、労働力だけでなくスペースもだ。

その点、ゴブリン達はこれだけ立派な巣穴を作る能力を持ってるわけだし……畑を作る上で、この上なく頼もしい助っ人になる。

「きたいしてゆ。だから、おまえりゃも、おれのぶかになりぇ！」

そう言って、笑顔で手を差し伸べる。

そんな俺の手を、キングが恐る恐る掴み返して……。

こうして、俺達は畑の獣害解消と共に、頼もしい仲間を新たに得たのだった。

＊

ゴブリン達が仲間になり、一際賑やかになったアリアケ村。

とはいえ、同じ共同体だからって、みんな一緒に暮らしてるわけじゃない。それぞれがそれぞれの集落を築き、ハクの棲み処を中心に交流している感じ？

まあ、それも当たり前で、みんな種族も違えば言語も違う。サリル曰く、発声器官や意思疎通の方法から異なるせいで、共通言語を作るのも無理なんだって。

それなのに、みんな集まって同じ農作業に精を出してるんだから、考えてみれば凄い話だよね。

「やっと気付いたのか？　こんな村、普通だったら絶対に成立しないぞ。ソータあってこそだ」

そんな話をポロっと口に出したら、サリルからは呆れの眼差しを向けられてしまった。

現在、俺達は村の外に出て、森の中を散策している真っ最中。メンバーは、俺、サリル、それにハクだ。ちなみに、俺は例によってシロ達のウサギソリに乗ってる。

なんでそんなことをしているかっていうと、主な理由は二つ。

一つは、ハクの起こした日照りの影響が思った以上に大きかったので、こうやってハクを連れて森を練り歩くことで、森の環境を整えていこうっていうもの。餌がちゃんと獲れるようになれば、ゴブリン達みたいにわざわざハクの縄張りに踏み入って畑を荒らしたりしないだろう。

「そーかな？　さりるもいないと、だめだとおもうよ。まどーぐとか、ほかにだれもつくりぇない」

「誰も作れないということはないぞ。まあ、そう言われて悪い気はしないけどな」

そしてもう一つが、また同じようなことが起こらないため、サリルが魔道具を改良したいと言い出したからだ。

散布する魔力が一パターンのみだと、ゴブリン達みたいに慣れたら踏み入って来てしまう恐れがある。なので、ハク以外の神獣の力を混ぜ合わせることで、常にパターンを変化させ続ける散布装置を作るんだってさ。

正直説明されても理屈はさっぱりだったから、サリルは十分凄いと思う。俺の力なんて、たまたま持ってただけの代物だしな。

『ふむ、この辺りの植物は問題なさそうだ。このまま奥へ向かうが……本当に、ヤツのところへ行くのか？』

「うん、おねがい」

そんなサリルに、どんな神獣の力が必要なのか。

少なくとも、トゥーリは物理的な力がほとんどないからダメだということで、とにかく〝強い〟神獣の下までハクに案内して貰うことになった。

その、とにかく強い神獣の名は、炎竜。

炎を纏う、正真正銘破壊と災厄を司るドラゴンらしい。

『悪いヤツではないが、何分力加減が苦手なヤツだ。人間にとっては危ないぞ？』

「はくがいてくれればだいじょーぶって、とーりもいってたよ？」

『まあ、私の力ならヤツの力を相殺出来るのは確かだが』

炎竜は、この世界に存在する神獣の中でも特に危険で、最強の神獣と言われているらしい。

そんな炎竜の〝破壊〟の炎に対抗出来るのが、〝豊穣〟の力を持つハクなんだって。

とはいえ、危険なのは確かなんだろう。珍しく、ハクが心配そうだ。

「だいじょーぶ。はく、しんじてる」

守られる側の俺が言うのも変な話だが、自信を持って貰った方がパフォーマンスは上がるからな。

そのためなら、これくらい情けない発言をしたっていいだろう。

『……信じてるか、人間にそんな風に言われる日が来るとはな。長生きしてみるものだ』

かなり打算的な言葉だったんだけど、ハクは嬉しそうに尻尾を揺らめかせた。

喜んで貰えたなら、まあ良かったのかな？

『まあ何度も言うように、炎竜当人は悪い奴ではない。そこは信用してくれて大丈夫だ。……人間の間でどのように言い伝えられているかは知らんが』

そう言って、ハクは例によって俺を抱いて歩くサリルの方に目を向ける。

会話内容が分からず疑問符を浮かべるサリルに、炎竜の人間達の間での評判を聞くと……初めてハクと出会った時以上に緊張した顔で答えた。

「天猫や死鳥と比べても、炎竜の伝説は数多い。そうだな……一番分かりやすいものだと、炎竜の力で国が一つ滅ぼされている」

「えっ」

国⁉　国ごと滅んでるの⁉

それはヤバいのでは？　と思いながら、確認してみようとハクを見て……そういえば、こいつもうっかりで森と周辺地域一帯を枯れさせる寸前まで行ったんだった。

神獣だもんな、本人が仮に悪いやつじゃなくても、うっかり国を滅ぼすくらいやっててもおかしくないか……気を付けないとな。

「さりるは、こわくない？」

そんな相手なら、ハク相手にも思い切り警戒していたサリルはさぞ怖いはずなのに、それほどビビっている様子はない。

実際のところどうなのかと尋ねてみると、「ああ……」と今気付いたかのように頭を掻いた。

「言われてみれば、それほどでもないな。……ハクのことも、獣人達との交流も、それにゴブリンの巣穴に乗り込んだことも。どれも人の常識からすれば危険極まりないことだったんだが、全部平気だったからな……ソータと一緒にいて、慣れたのかもしれない」

「えー……」

俺、国を滅ぼすような神獣との謁見で緊張しなくなるほどヤバい案件に首を突っ込んでたの？　全然そんなつもりなかったんだけど。

なんとも微妙な気分になっていると、サリルは苦笑と共に俺の頭を撫でた。

「要するに、お前の交渉……いや、たらしのスキルに期待してるってことだよ。今回も頼んだぞ」

「えへへ……んん？　なんでいま、いいなおしたの！」

普通に交渉スキルでいいはずなのに、なぜたらしと言い直すんだ！　おかしい、抗議する！

そうやって叫ぶ俺をサリルが口笛交じりにスルーし、ハクが不思議そうに眺める、などという平和なやり取りを挟みながら、俺達は三人で森を進む。

途中、少ししなびている植物をハクの力で蘇生させたり、食料不足で暴走している動物や魔物がいないかサリルに調べて貰ったりと、一つ目の目的を消化しながら歩いていき……やがて、見上げるほどに大きな山の麓にまで到着した。

『着いたぞ。ここが、炎竜……フレアの棲む山だ』

「お～」

いくら寄り道があったとはいえ、すっかり森歩きに慣れたサリルの足でも半日以上かかったから、結構遠かった。

「ここ、なんてなまえのやまなの？」

『む？　山に名前などあるのか？』

「ブリッグス山脈。アルフォート王国と、隣国のアトラステア帝国を遮る国境になってる山の一部だな。あくまで不文律として触れてはならない天猫と違い、炎竜への干渉は本当に大惨事を招きかねないということで、両国とも無許可での干渉を固く禁じている。そのために、ここ百年は戦争らしい戦争もない、平和な時代が続いているな」

「へえ～」

ハクは知らなかったみたいだけど、代わりにサリルが説明してくれた。

国を滅ぼした恐ろしい神獣も、見ようによっては平和の使者になってるのか。面白いな。

「……ありぇ。はくよりも、きびしく、とりしまられてりゅなら、さりる、のぼっちゃだめ？」

「今回は特に何を報告することもないからな。バレなければ問題ない」

「えー……」

サリル……悪い子!!

『さて、こんなところで話し込んでいても仕方がない。一気に登るぞ、二人とも、私に乗るといい』

「うん、わかった。さりる、はくが、うえまでのせてってくれりゅって」

「む、そうなのか？　なら少し待ってくれ、先に少し準備を」

サリルを促し、その場で伏せたハクの背中を指す。

すると、サリルは慌てた様子で背中から道具を取り出した。

「急に高い山に登ると危ないからな、先に少し魔法をかけておくぞ」

「なるほど」

高山病だっけ？　そういうのも魔法で対処出来るのか。便利だなー。

お香みたいなのを焚き染めたところでサリルからオーケーが出たので、シロ達に山の麓での待機をお願いして、早速ハクの背中に乗り込む。

まあ、自力で登ろうとしたらずり落ちたから、例によってサリルに抱え上げられたけど。

うん、俺もう、サリルのやたら容量が大きいバッグの中に詰め込まれた方が迷惑かからないのかもしれない……。

『では、出発するぞ』

「うん、おねがい」

俺を抱いたサリルがしっかりとハクに掴まったのを確認したところで、俺が許可を出す。

すると、ハクはぐっと体を屈め……凄まじい勢いで、山の斜面を駆け上がり始めた。

それはもう、前世のジェットコースターも目じゃないくらいの速度で。

「むぎゃ……!?」

想像を遥かに超える加速に、全身が潰れるかと思った。

何なら、振り落とされなかったことが既に奇跡……と言いたいところだけど、それは偶然でも奇跡でもなく、サリルが俺をしっかりと抱えていてくれたからだ。

しっかり抱え過ぎて、俺が潰されそうになってるけど。

「うおぉぉぉぉぉ!?」

「さりる、くるしぃ……」

サリル自身、振り落とされないために必死なんだろう。全力でハクにしがみついているせいで、間に入った俺は今にも絞め落とされそうだ。

サリルがかけてくれた魔法のお香？　のお陰で、これだけの速度で駆け上がっても高山病にならないのはありがたいけど、高山病よりも先に窒息しそう。

まあ幸い、ハクのスピードが凄すぎたお陰で、本当に昇天する前に山頂に辿り着けたわけだけど。

「はあ、はあ、全く、とんでもない移動だったな、危うく死ぬかと……って、ソータ⁉　すまん、大丈夫か⁉」

「ぎ、ぎりぎり……」

ぜーぜー、と呼吸を整えながら、何とか顔を上げる。

すると、一気に視界が開け――この世界の景色を、一望出来た。

「わあぁ……」

この世界に来てからずっと、視界の悪い森の中にいたから分からなかった。いや、そもそも転生する前からずっと忙しくて、こんな風にゆっくり景色を見ることなんて一度もなかったと思う。

遮るものなんて何もない青空に、どこまでも続く深い森。山々が連なり、遠くには人の町が見える。

それよりも更に先へ目を向けたら、地平線と空が交わる境界さえも見ることが出来た。

世界って、こんなに広かったんだな。

そんな感慨に浸る俺に、サリルはぽんぽんと頭を撫でてきた。

撫でるだけで何も言わないのは、俺に気を使ってくれたんだろうか。それに甘えて、しばし俺はその景色を堪能する。

『ふむ、フレアの気配がせんな。今は出掛けておるのかもしれん』

「ん、そーなの？」

山頂に着いてからずっと黙り込んでいたハクから、思わぬ情報が舞い込んだ。

ここに来たのは、サリルの作る魔道具の完成度を高めるのに、新しい神獣の力をサンプリングする必要があったから。それなのに、肝心の炎竜フレアがいないんじゃ意味がない。

まあ、しばらくここで待っていてもいいんだけど、三ヶ月平気で眠り続けるハクの同類だと思うと、果たしてちょっとやそっと待ったくらいで帰って来てくれるのやら……。

「……む？　なんだあれは？」

これからどうしよう、と悩んでいると、サリルが空を見上げて訝《いぶか》し気な声を上げた。

どうしたんだろうと思って、サリルの見ている方向に目を向けると……空の彼方《かなた》に、黒い点がぽつんと浮かんでいるのが見える。

いや、点じゃない。どんどん大きくなっていくそれは、やがて黒ではなく赤い色味を帯びていき、大きな翼をはためかせて真っ直ぐに降下してくる。

全身を硬質な鱗で覆い、四つの足に鋭い鉤爪《かぎづめ》を備えたそれは、間違いなく俺が知っている西洋風な〝ドラゴン〟そのものだ。

『ちょうど帰って来たようだな。あいつが炎竜……フレアだ』

「おお～」

ハクのお墨付きが出たことで、間違いなくあれが目的だった炎竜なんだと理解する。

それなら、ひとまず挨拶でも……と思って手を挙げたんだけど。そこで、ふと気付く。

……なんか、距離感がおかしい。というか、思ってたより、随分とデカいような……？

『ソータ、サリル、少し離れておいた方が良いぞ。あやつ、多分お前たちに気付いておらんから……このまま全速力で突っ込んで来る』

「うおぉぉぉぉぉ⁉」

ハクの忠告が聞こえたわけじゃないだろうけど、全く減速する様子がない炎竜を見て命の危険を感じたのか、サリルが俺を抱えて山の斜面を転がり落ちていく。

直後、炎竜の巨体が山に激突し、凄まじい衝撃と揺れが山頂を襲う。

それがただの〝着陸〟であり、攻撃の意志なんて欠片もないなんてこと、ハクから事前に聞かされてなければとても信じられなかっただろう。

というかこれ、本当に攻撃じゃないの⁉　山が削れて、というかちょっと崩落してるんだけど⁉

『やれやれ、相変わらず力の加減が出来んヤツだ』

転がって来る落石から俺達を守りながら、ハクが溜め息を溢している。

ひとまず無傷で乗り切った俺達が顔を上げると、まず目についたのはハクの背中。

そして……巨大なハクすらも小さく見えるほどの巨躯《きょく》を誇る、炎竜の姿だった。

『グルルル……久しぶりだな。寝坊助ハクがこんなところにまでやって来るとは、珍しい』

『こちらにも事情があってな。こやつらがお前に用があるので、案内したのだ』

『む？　こやつら？』

ハクの言葉で、ようやく俺達に気付いたらしい。フレアの眼差しが俺とサリルの二人を射貫《いぬ》く。

同時に、何もないのに炎に巻かれるかのような〝熱〟を感じた。

「つ……ソータ、様子はどうだ？」

「うーん……」

緊張の滲む声で尋ねて来るサリルに、俺はどう答えたものか迷った。

現状、どっちとも言えないんだよね。とりあえず、話しかけてみようか。

「えんりゅー、ふれあ。おれは、そーた。よろしくー！」

手を挙げて、大きな声で存在をアピールする。相手がこれだけ大きいし、礼儀よりもとにかく気付いて貰うための自己主張を優先してみた。

『…………』

けれど、炎竜からの反応がない。俺の方を見たまま、無言で固まってしまっている。

どうしたんだ？　小さすぎて目に入ってないとか？

「おーーーい、きこえてましゅかーーー？　おれ、そーたでーーーしゅ！」

まだ足りないのかと、その場でぴょんぴょんと跳びはね、必死でアピールを続ける。

そうしていると、炎竜はやがてパクパクと口を開閉させ……そして。

『しゃ、喋ったぁぁぁ!? に、ニンゲンが喋ったぁぁぁ!?』

めちゃくちゃびっくりしながら、ドタバタと後ろに下がった。

えぇ……喋るのが珍しいのは自覚してたけど、だからってまさか、ゴブリン達に続いてドラゴンにまでこんなにも怯えられるなんて予想外だ。

『ニンゲンが喋るとかどうなっとるの？ 怖っ！ 我めっちゃ怖い!! ハクよ、どういうことだ!?』

『そういう能力を持った異世界人だ。少しは落ち着け、フレア。客人が驚くだろう』

『いやいやいや、我が一番驚いたからね!? 心臓が飛び出るかと思ったわ!!』

どったんばったんと大騒ぎしながら、炎竜が地面を転げ回って距離を取っている。

それに合わせて山も凄く揺れまくってるんだけど、大丈夫？ 山ごと崩壊したりしない？

「ソータ、何が起きている!? 炎竜が怯えているように見えるんだが!?」

「そのとーり、こわがってるみたい」

「一体何を言ったら炎竜が怖がるんだ!?」

「おれ、ただしゃべっただけ……」

本当に、ただ喋っただけなんだよな。これをどう説明すればいいんだろう？

ていうか、国を滅ぼした恐ろしい神獣だって聞かされてたのに、これじゃあ全然怖くないな。むしろ可愛ぃ。

ただ、可愛いって和んでる場合じゃないよな。やってることが可愛くても、それによって生じる被害は全然可愛くないんだから。

「ふれあ、おちついて。ほら、おれぜんぜんこわくないよ。あんしんして」

『安心出来るかぁ!! お主は、ある日突然虫が喋り始めたら、落ち着いていられるのか!?』

「えーっと……」

それは、どうだろうな。正直、ハクが喋ってるのを見てもそれほど怖いとは思わなかったし。

うーん。

「……たのしいよ?」

『もうやだこいつぅぅぅ!! 話が合わないぃぃぃぃ!!』

「ソータ、もう限界だ、一旦退《ひ》くぞぉ!!」

「わわわ」

なんとか落ち着かせようと選んだ言葉は、却ってフレアを混乱させる結果となり、それを見ていい加減危険と判断したサリルが、俺を抱えて撤退を選ぶ。

暴れるフレアを残して帰ったら余計危ないんじゃ、と思うけど、言葉で通じないなら俺に出来ることもない。

失敗か、と唇を噛んでいると……すぐ近くにいたハクが、フレアの方に飛び掛かる。

えっ、と思った直後、ハクの猫パンチがフレアの巨体を吹き飛ばしていた。

って、えぇ⁉

『いい加減落ち着け、この駄トカゲ‼』

『ぐほぉ⁉』

サイズだけ見れば二倍くらいはありそうなフレアが派手に吹っ飛び……そのまま、山の麓に向かって真っ逆さまに落ちていく。

えっ、ちょっ……え？？

「え、炎竜が吹っ飛んだ……⁉」

「だ、だいじょうぶ？　ふれあ」

あまりにも驚愕の光景に、一部始終を見ていた俺だけでなく、驚いたサリルまで足を止める。

一方、そんな状況を作った元凶であるハクはといえば、さして気にした様子もなく鼻を鳴らす。

『気にするな、あの程度では掠《かす》り傷一つ付いたりせん』

「そーなんだ……」

このすんごい高い山から落ちて傷一つ負わないって、本当にすごいな神獣。

サリルと一緒に、フレアが落ちて行った崖の下をしばらく眺めていると、ハクの言葉通りす

ぐにフレアが戻って来た。
バサリと翼を翻して、さっきと違ってゆっくりと着陸したフレアは、幾分か落ち着いている
ように見える。
『はぁー、びっくりした……相変わらずやり方が雑なのは腹立たしいが、ようやく落ち着いて
来たぞ』
翼を畳みながら、ズシンズシンと俺達の方に歩いて来たフレアは、敵意がないことを示すよ
うにその場に伏せ、ごく軽い調子で口を開く。
『いや、すまん……まさか喋るニンゲンなどという奇妙な存在がいるとは夢にも思わなくてな、
ついパニックになってしまった』
「おれは、だいじょーぶ。ふれあは、けがしてない？」
『む？　我はあの程度で怪我をするほど脆《もろ》くないぞ、ハクも手加減しておったしな』
「そーなんだ……」
一応確認してみたけど、本当にハクの言った通りだった。
神獣、やっぱり凄い。と再確認していると、フレアははてと首を傾げる。
『それで、お前達は何をしに来たのだ？　我を驚かせるのが目的というわけではなかろう？』
「おっと、そーだった。じつは……」
フレアの方から本題に入ってくれたので、これ幸いとここに来た目的を語る。

森の中に、魔物達から襲われない安全な場所を作るために、フレアの力を解析したいと。

『我の力を解析だと？　そこの人間がか？』

「うん」

フレアの真っ赤な眼が、サリルへと向けられる。その眼差しに込められた圧力は、どこかサリルを試しているようにも見えた。

会話の流れなんて何一つ伝わってないだろうし、ついさっきまで逃げようとしていた相手に睨まれて、サリルは大丈夫だろうかと心配になったんだが……フレアの眼差しから何かを感じ取ったのか、負けじと睨み返している。

そんなサリルの態度に、フレアはフッと笑みを浮かべた。

『面白い、我の力の解析とやら、やれるものならやってみるがいい。フハハハ!!』

「……ソータ、炎竜はなんと？」

「さりるのこと、きにいったみたい？　かいせき、できるものなら、やってみろって」

「そうか……そこまで言われたら、やってやらなきゃ魔物学者の名が廃るってもんだな……!!」

挑発されて気合いが入ったのか、サリルが益々燃え上がっている。

ただそこで、フレアが『ただし』と口を挟んだ。

『タダで協力するというのもなんだし、一つ頼まれごとをしてくれないか？』

「？　なに？」

『実はだな、少し困っていることがあって……詳しいことは、中で話そう』

「なか？」

中ってどこのことだろう？　と思いながら、先導するフレアについていく。

山のてっぺんを平らに切り取ったような、台形状の広い山頂を歩いていくと、やがて見えてきたのは火口部。

遥か地中から湧き出す溶岩すら見ることが出来るその場所で、大自然の猛威を目の当たりにした俺は「おお……」と感嘆の息を漏らすも……フレアにとっては、いつも見る庭の景色くらいの感覚なんだろう。さしたる感慨もなく、あっさりと言ってのけた。

『降りるぞ。ついてこい』

「えっ……おりるって、ここに!?」

『ああ、そうだ』

それがどうした？　とばかりに、フレアが火口に飛び込んでいく。

嘘でしょ!?　と驚きながらフレアの行く先に目を向ければ、流石に溶岩まで到達する前に翼を広げ、火口の途中に空いた横穴へ着地していた。

『私達も降りるぞ。ソータ、サリル、掴まれ』

「あの、はく。おれたち、よーがんにちかづいたらもえちゃう」

フレアに追従しようとしたハクに、俺は懸念を伝える。

正直、こうやって火口を覗き込むだけでも肌がジリジリと焼けるような熱を感じるのだ。これ以上となると、耐えられる気がしない。

『案ずるな、私が熱を相殺してやる』

「なら、だいじょーぶなのかな？　さりる、いこ」

「行くって、まさか炎竜についていく気か!?　待て待て待て、いくら俺でも、溶岩の熱に耐えられるようなものは用意してないぞ!!　せめて三日くれ、開発するから!!」

三日で開発出来るんだ……凄いな、サリル。

でも、今は三日も待てない。

「だいじょーぶ、いくよ。はく、おねがい」

『うむ、任せろ』

「ちょっと待て、本当に、待てぇ!?」

ハクがサリルを咥え上げ、俺もハクにしがみつく。

そのまま、火口に向けて飛び込んだ。

「うおわぁぁぁ!?」

サリルの悲鳴をＢＧＭに様子を窺い、確かに熱を感じなくなっていることに気付いた。

ハクの力も凄いな、と呑気に考えている間に、ハクも無事フレアと同じ横穴に着地する。

「さりる、だいじょーぶ？」

俺はハクが守ってくれると理解していたからいいが、サリルは違うだろう。

恐怖体験への謝罪の意味を兼ねて問い掛けると、地面に降ろされたサリルは顎に手を当て考え込んでいた。

「まさかここまで完璧に熱を抑えられるとは……天猫の力は解析出来たと思っていたが、まだまだ研究の余地があるな……」

「さりる？」

「ああいや、大丈夫だ」

どうやら、思ったよりも平気だったことで、新しいインスピレーションを得たらしい。

うん、サリルってなんだかんだ言いつつ結構図太いよね。よく考えてみたら、この山に来ること自体本当はダメなことだし……。

『何をしている？　早く来るがいい』

「おっと。さりる、ふれあがよんでる。いこ」

「ああ、分かった」

フレアに急かされたことで、サリルの思考を中断させて一緒に横穴の奥へと向かう。

すると、すぐにものすごく広い空間に突き当たり……そこには、謎のガラクタや石ころが山のように積み上げられていた。

というか、これ……。

「……もしかして、ほーせき？」

遠目には黒い石ころにしか見えなかったけど、よくよく見れば中心に赤黒い石があって、その周りに火山灰みたいな石がへばりついているように見える。

そんな俺の見立ては正しかったのか、フレアは我が意を得たりとばかりに叫ぶ。

『そう、宝石なのだ！　我はこのようにキラキラ光るものが好きでな、見付けて来てはここに溜め込んでいるのだが……どういうわけか、すぐにこのように汚れてしまうのだ……』

「まー、そーなる」

ちゃんと周囲の環境を整えて、定期的に磨いたりとかメンテナンスをして輝きを維持するのが宝石なのに、ここは環境が悪すぎる。

火山灰がバンバン舞ってる火口の中で、何の手入れもなしに置きっぱなしの宝石なんて、すぐに汚れて当たり前だろう。

『なので、我のお宝が汚れないための案を考えて欲しいのだ！』

「うーん、おひっこし、すりゅのは？」

取り敢えず、パッと思い付く解決策はそれだ。

環境が悪いんだから、環境が良い場所に引っ越せばいい。

と思ったんだけど、どうやらそう簡単な話じゃないようだ。

『我の力は、何もせずとも周囲の環境を変えてしまう。ここが一番安定するのだ』

「……なるほど」

ハクも寝ていただけで周囲の環境を書き換えてたし、神獣って本当に生きるのも大変だね。

でも、そういうことなら……。

「はくと、いっしょなら、だいじょーぶ？」

ハクの力なら、フレアの力を相殺出来る。

神獣としての強すぎる力を、他の神獣の力で抑え込むことが出来たなら、フレアも好きなお宝を集められるし、ハクだって寝惚けて森を枯れさせる心配はなくなるだろう。

名案だと思ったんだけど、今度はハクまで加わって否定し始めた。

『いやいやいや、私達の力は確かに相殺し合うことが出来るが、それは起きている間の話だ』

『眠ったりして無意識に撒き散らされた我らの力が交わると、稀《まれ》に相殺どころか相乗効果を起こしてな、大災害に発展したりするのだ。あの時はトゥーリにめちゃくちゃ叱られたぞ……』

『うむ、懐かしいな……たまたま、災害で生じた雷が私達に落ちていなければ、どうなっていたことか』

「えー……」

ハクとフレアが、昔を懐かしむようにとんでもないエピソードを聞かせてくれた。

もしかして、フレアが国を滅ぼしたって、それが原因だったりする？

ただまあ、それでも解決策はゼロではない。

「そりぇなら、さりるがなんとかしてくれる」

「うん？　俺が？」

突然話を振られて、サリルが困惑の声を上げた。

基本的に相反するハクとフレアの力は互いに相殺し合うけど、眠っている間は変な相乗効果を発揮することもある。だから危なくて、トゥーリみたいな力の弱い神獣でない限りは、出来るだけ双方距離を置いて生活していたという。

つまり、逆に言えば……寝ている間の力の制御さえ出来るなら、二人ともアリアケ村で暮らす道だってあるだろう。

「さりるなら、ふれあとはくが、ふつーにくらせるほうほうを、きっとつくってくれゆ。だから、だいじょーぶ」

『そこの人間が、我を解析するのみならず、抑えてみせると？』

「うん。さりるなら、できゆ」

サリルには既に、ハクの力を解析して、魔物達を遠ざけるための散布装置を作り上げた実績があるんだ。

今回のフレアの解析で更に研究も進むだろうし、必ずや期待に応えてくれるだろう。

「だから、ふれあ。あんしんして、おれのぶかになりぇ!!」

真っ直ぐ告げて手を差し伸べる俺に、フレアはその大きな瞳を更にまん丸に拡げ、驚愕を露わにするのだった。

＊

俺の誘いに対するフレアの答えは、ひとまず保留する、って感じのものだった。

まあ、まだ解析もこれからだって言ってるのに、力を制御して普通に森で暮らせるようにするとか、大言壮語もいいところだしな。仕方ない。

ただ、期待はしてくれてるんだと思う。サリルの研究資金に使えるからって理由で、フレアが集めた宝石の山を、そのまま譲って貰えたんだ。また集め直せばいいからって。

「ほとんどが原石そのままだったり、加工された年月が古すぎて、サイズそのままの価値はないだろう。それでも、出すところに出せばそれなりの値段にはなるはずだ。……問題は、宝石の出所だがな」

「ふつーに、ふれあからもらった、じゃだめ？」

「炎竜のいるブリッグス山脈に近づいたと知られたら、処罰は免れないからな」

フレアの山から戻った俺とサリルは、建築途中のハクの家で今後の方針について話し合っていた。

宝石があれば手っ取り早くお金を作れると思ったけど、世の中そう単純でもないか。

「とはいえ、ガードンに頼めばその辺りは上手くやってくれるとは思うがな。ジャムの流通に関しても、既に準備は整ったらしい」

「おおー」

宝石はあくまで臨時収入で、アリアケ村の主産業は食品加工だからな。

そちらがようやく始められるとなれば、期待感もいやが上にも上がってくる。

「セントラル領を治める伯爵を始め、何人か町の有力な人物と接触してジャムを試食して貰った限り、反応はかなり良かったらしいぞ。この分なら、本格的に町の人達へ売り出しても十分売れるだろうと、ガードンが嬉しそうに言っていた」

「じゃあ、はやくつくらなきゃね」

幸い、ジャムの作り方は獣人のみんなに既に伝えてあるし、畑仕事の方はゴブリンやウサギ達が進めてくれている。

散布装置にまだ問題があったとはいえ、ゴブリン達の件が片付いてからはひとまず獣害も落ち着いているようだし、そろそろ本格的な生産体制に入ってもいいだろう。

「あとは、じゃむにあう、りょーりもつくって、まちまでのみちをせーびして、もっとむらをおーきくして……やること、たくさん」

指折り数えて、これから先にやっていきたいことを羅列する。

ジャムを起点に交流を深めれば、人の町から技術を貰って村を発展させることも容易だろう。便利な暮らしを送れるようになるのは、そう遠い未来じゃない。

人と獣人やゴブリン達とのコミュニケーションに課題が残るから、あんまり関わりを深めすぎるのも問題かな？　人の町そのままより、みんなの生活様式に合った〝いかにもファンタジー〟って村にしていくのも楽しそうだよな。

そんなことをあれこれと考えていたら、サリルからどこか温かい眼差しを送られていることに気が付いた。

「……さりる、どーしたの？」

「うん？　いや……ソータと会えて良かったと思っただけだよ、気にするな」

「？？？」

今の話の流れで、なぜ突然そんな言葉が飛び出して来るんだろうか。

よく分からないが、まあ褒められた（？）以上はこちらも応えておこう。

「おれも、さりるがいてよかった。これからも、よろしく。あいぼー」

そう言って手を伸ばし、握手を求める。

すぐに握り返してくれるかと思ったけど、サリルは驚いたみたいに目を丸くして固まっていた。

「……さりる？」

「あ、ああ、いや、悪い。まさか相棒なんて言われるとは思わなくてな。……こちらこそ、よろしく頼むぞ」

手を握り返されながら、俺は思った。

……もしや、サリルは俺のことを相棒じゃなくて、保護対象として見てるんだろうか。

いや、あり得るな。俺見た目はこんな子供だし、最近移動する時は大体サリルかシロ達に運ばれてるし。

いかん、このままでは、いつまで経っても子供扱いから抜けられない!! 俺はこのアリアケ村の代表なのに、代表が大人扱いされてないとか恥もいいところだ!!

「ソータ、どうした?」

「さりる……おおきくなれりゅ、まどーぐとか、ない?」

苦悩の末、俺はサリルに尋ねてみる。

それに対するサリルの答えは、ある意味最初から分かり切っていたものだった。

「たくさん食べて、たくさん寝るんだな。そうすれば、そのうち大きくなれる」

「むあああああ!!」

それじゃあ遅すぎるっての!!

そんな俺の叫びは、最後まで理解されることはなく。

俺は、サリルにいつまでも頭を撫でられるのだった。

＊

天猫による日照りの影響から逃れられたセントラル伯爵領だが、そのダメージが全くなかったわけではない。既に水不足でダメになってしまった作物もそれなりにあり、特に大地主から土地を借りて畑を耕す小作人のような立場の人間は、場合によっては一年の収入の大部分を喪失する事態になっている。

領主であるバクゼルからは、そうした者達への支援も告知されているのだが……被害状況の確認から入らなければならないため、実際に支援金が届くのがいつになるか、まだ見通しが立っていないのが現状だ。

「なあ、にーちゃん……本当にやるの？」

「今更何言ってんだよ、二人でやるって決めたろ！」

とある商店のすぐ近く、積み上げられた木箱の陰で、二人の子供が言い争っていた。

ボロボロのシャツと短パン、サイズの合っていない古びた靴以外何も身に着けていないその姿から、ひと目で貧乏な家庭の子なのだろうと察せられる。

そんな子供達が何をしようとしているのかといえば、考えるまでもない。

窃盗である。

「いいか、俺たちだけならまだいい。けど、病気のかーちゃんを助けるには、精のつくもん食べさせなきゃダメだってとーちゃんも言ってただろ?」

「うん。薬もないし、麦飯だけじゃダメだって」

「けど、うちには今、そんな金はないからな。支援金が届くのを待ってなんていられないし
……こうなったらもう、盗むしかない。分かるだろ?」

「うん……」

来年になれば、また畑の収穫を得てやっていけるだろう。

あるいは支援金が約束通り届けば、何とか持ち直せるかもしれない。

しかし、追い詰められた彼らには、〝今〟を乗り越える金がない。それが何よりも問題なのだ。

「よし。それじゃあやるぞ、作戦通り上手くやれよな」

二人は子供だったが、全くの無策で盗みをしようとするほどバカではなかった。

まずは兄が動き、こっそりと盗む。

上手く行けばよし。もしバレたとしても、店員が慌てて捕まえようと動いたところで、後に控えていた弟が商品を盗んでいく算段である。

そんな腹積もりで、兄はその商店――ガードン商会の商品を盗もうとして……。

「おっと、盗みとは感心しないぞ、坊主」

「んな……!?」

盗む前から、あっさりと店主であるガードンに捕まってしまう。

こうなっては、事前に立てた作戦は全てパーだ。

「このっ、くそっ、放せよ、クソジジイ!!」

「誰が放すか。つーか誰がクソジジイだ、俺はまだ三十代だぞ、せめておっさんと呼べ。お兄さんでもいいぞ」

「どこがお兄さんだ、ばーか!!」

「あわわわ……」

兄は首根っこを軽々と持ち上げられたままバタバタと手足を暴れさせ、弟は弟でその様子をハラハラと見守る。

当たり前のように弟の存在にも気付いたガードンは、二人の身なりと手の汚れから大体の事情を察し、フッと笑みを溢した。

「お前ら、食いもん欲しいんだろ? 騙されたと思って、ちょっと働いてみる気はないか?」

「は?」

「……?」

「ほら、そこのチビもこっち来い」

どこかコソコソと内緒話をするように、ガードンは兄弟を店の奥へと案内する。

そこで二人が見せられたのは、未だかつて一度も目にした事の無い食べ物――ジャムだった。

「っ……!?　なんだこれ、うっま!!」

「なにこれ、なんて言ったらいいか分かんないけど、すっごい!!」

「ははは、だろう？　おっと待て待て、そんなにたくさんあるもんじゃないんだ、一旦止まれ」

ひと舐《な》めした勢いのままジャムにがっつこうとした兄弟の手から、瓶を取り上げるガードン。

ああ、と絶望に駆られる二人に、彼は苦笑を浮かべた。

「言ったろ、働いて欲しいってよ。お前らにはな、このジャムを宣伝して貰いたいんだ」

「「せんでん……？」」

「要するに、俺の店が今度、このジャムっつーめちゃくちゃうめえ商品を出すってみんなに広めてくれりゃあいい。要するに、こんなうめえもん食ったんだぞ羨ましいだろ、って友達に自慢して回れ、簡単だろ？」

ガードンは既に、町の有力者への根回しやアピールを概ね完了している。

しかし、アリアケ村のジャムはある程度の大量生産と大量受注を見越した商品であるため、一般層にも販路を確保したかった。

そこで考えたのが、ごく少数の先行生産品を、宣伝のための先行投資と割り切って無償で配布するという手だった。

ごく一部の人間だけが運良くありつけた、天にも昇るような極上の甘味。

領主バクゼルや町の有力者達も欲しがるような至高の一品。

それが、ガードンのような個人経営の店舗から、平民でも手の届く値段で販売される。

そう聞けば、噂好きの人々はこぞってジャムを買いに来るだろうという考えだ。

「じゃあそういうわけで、頼んだぞ、お前ら」

「うん！」

「ありがとう、おじさん！」

（まあ、流石にここまで貧乏な家じゃあ実際に販売されてもジャムを買うのは厳しいだろうが
……一つくらいいいだろう）

そんな、実利と善意半々の気持ちでジャムをひと瓶手渡したガードンは、そのまま店の経営に戻る。

一方の子供達は、家に帰るなり明らかに高価そうなジャムを持っていることを父親に咎《とが》められ、盗んだわけじゃないと説明するのにしばらくの時間が必要だった。

……その流れで、実は本当に盗みを働こうとしていたことをうっかり話してしまい、兄弟仲良く拳骨まで貰う羽目になったのだが、そこはご愛嬌である。

「かーちゃん、これ食べて元気出して」

「本当に、すっごくおいしいよ」

たんこぶを作りながら、病気の母親にジャムを食べさせる兄弟。

甘味は栄養が豊富なので、これで少しでも良くなればと、兄弟は揃って淡い期待を寄せ……。

ガバリと起き上がった母親の姿に、兄弟は目を剥いた。

「えっ、かーちゃん!?」

「動いて大丈夫なの!?」

「…………」

何が起きたか分からないとばかりに、起き上がった体勢のまま手を動かし、立ち上がり、何なら軽くジャンプする母親。

あまりにも予想外の光景に、様子を見に来た父親までもが驚きのあまりひっくり返った。

「な、何が起きた!? お前たち、一体何を貰ってきたんだ!?」

「わ、わかんない」

「ジャムって聞いたけど……」

混乱するばかりの家庭で、ついに母親が動き出す。

一体当事者は何を語るのかと、誰もが緊張に震える中……困ったように頬をかきながら、お腹をおさえた。

「ええと……私も何がなんだか分からないけど、とりあえず、ご飯はあるかしら？ ずっと寝ていたから、なんだかすごくお腹が空いちゃって……」

「……そうだな、めでたいことには違いないんだ、難しいことは後にして、食うか！」

「「うん！」」

こうして、一つの家族に笑顔が戻り、和気藹々《わきあいあい》とした空気が流れる。

その後、病に伏していた母親がジャムを食べただけで全快したという話は、この家族によってそこら中に広められた。

あまりにも荒唐無稽な話だが、実際に病に伏していた事実を知る人が少なくなかったことに加え、他にも同じジャムを食べて体調が回復したという人間が何人もいたため、「神の食材ではないか」として一瞬で噂が広まっていく。

後日、本格的なジャムの販売を始めるべく店を開いたガードンが、想像を遥かに超える購入希望者の波に飲まれて、物理的に潰されかけることになるのだが……宣伝戦を仕掛けたガードン自身でさえ、その結果を想像することも出来なかった。

＊

「……すまん、もう一度言ってくれるか？」

「町で暴動……というほどではありませんが、デモが起こっています。アリアケ印のジャムを、伯爵家が独占している。領民にも回せ、と」

自身の執務室で謎の報告を受けたバクゼルは、特に意味もなく椅子から立ち上がり、天井を振り仰ぐ。

伯爵家がジャムを独占などと、何をどうしたらそんな話になるのか。理解出来ない。

何なら、私だってまだ満足に手に入らなくて困っとるわ!! と叫びたい気分だった。何せ、まだまだ本格的な流通が始まったばかりな上、想像を遥かに超える需要のため、供給が全く追いついていないのだ。

だが、領民にはそんな事情は伝わらない。

「どこから出てきた噂なのか、ジャムがこれほど出回らないのは、甘味好きのバクゼル様が独占しているからだ、というのが通説となっているようでして」

「いや確かに好きだがな!? それだけの理由で私を悪者にするのはおかしくないか!? いくら私でも、自分が食べたいからと独占するほど狭量ではないわ!!」

「まあ、こればかりは普段のイメージと言いますか……」

「私のイメージ、そんなしょーもないことをやらかすと思われるほど酷いのか!?」

「そうですね、割と」

「お前も大概容赦がないな!!」

バクゼルは、特別優秀な領主というわけではないが、かと言って暗愚というわけでもない、良くも悪くも普通の男である。

それでいて、セントラル領は穀物の一大生産地。つい最近あった日照りのような危機に直面しない限りは生活面でも安定しており、民の不満は溜まりにくい土地柄だ。

つまりは、生活必需品というわけではないジャムに手を伸ばせる程度には誰もが余裕を持ち、しょーもない理由で領主に不満をぶつけられる程度には信頼されているということである。

甘味好きで、ふくよかな体型を持つバクゼルがジャムの独占を狙っているという噂話も、ある種平和の象徴のようなものだった。本当に治安が悪い町なら、もっと酷い風評と共に、もっと酷い暴動が発生しているところだ。

それをぶつけられる立場のバクゼルからすれば、たまったものではないが。

「ええい、近いうちにジャムの流通量が増える予定だと民に布告しておけ！　全く、ただでさえ学者どもの相手で疲れているというのに、この上領民達からも突き上げを食らうとは……はあ、私の癒しはこのジャムだけだな」

そう言って、バクゼルが懐から取り出したのは、言わずと知れたアリアケ印のジャム、ブルーベリー味である。

新商品だと、先んじてガードン商会から手に入れたそれが詰まった瓶にスプーンを差し込み、ゆっくりと味わう。それだけで、全ての疲れが吹き飛んでいくかのようだ。

なお、そんな光景を横で眺めていた執事としては、黙っていられない。

「お待ちください、そのジャムはいつ手に入れたのですか？　聞いておりませんが？」

「言っておらんからな。これは私のおやつだ」

「そんなことをしているから、領民の間でジャムを独占しているだのなんだのと噂が流れるのですよ！　そこはせめて、日々バクゼル様に尽くしているこの私にも分け与えてくださるべきでしょう⁉」

「ちょっと待て、さては噂を流した元凶はお前か⁉　おかしいと思ったのだ、民の前で一度もジャムを食べているところなど見せたことがないのに、そんな根も葉もない噂が流れるのは‼」

「私じゃありません！　この屋敷で働いている使用人全員です！」

「それ、結局お前も入っとるじゃないかぁぁぁ‼」

何とも低レベルな口喧嘩を繰り広げ、どったんばったんと大騒ぎするバクゼル達。

やがて、ブルーベリージャムを分ける代わりに、その存在を口止めするという形で協定を結び和解した二人は、改めて真面目な話に路線を戻した。

「しかし、まだ流通量も少ないのにこれほど話題になるとはな。やはり、ジャムにヒールポーションと同様の効果が見られたのが大きいか」

「それは間違いないでしょう。錬金術師ギルドなど、食品としてではなく研究材料としてジャムを卸してくれと泣き付いてきたほどですからね」

ヒールポーションとは、この世界で流通している一種の万能薬だ。

魔法の力で瞬く間に傷を癒し、ちょっとした風邪程度であればすぐに治してしまうほどの効能を持つ。

難点は、高性能なポーションはそれなりに値段が張ることと、何より死ぬほど不味いことだ。

即効性が高いので「取り敢えず飲んでおけ」と医者からも勧められるのだが、人によっては「そんなもん飲むくらいならこのまま死んだ方がマシ」とまで言い切るほどに不味い。

ところが、アリアケ印のジャムはポーションと同じ効能を持ちながら、とんでもなく美味い。

美味い上に体にも良いとなれば、それこそ生まれたばかりの赤子から、腰の曲がった老人に至るまで誰もが欲しがるのは当然の帰結だった。

「このジャムの流通を握ることが出来れば、間違いなく向こう百年は我が伯爵家も安泰となるだろう。やはり、何としても、アリアケ村を伯爵領に組み込みたいところだが……」

「それも難しいでしょう。以前は資金難にあった様子ですが、近頃はそれも克服したようです」

「出所不明の、大量の宝石類か」

バクゼルの当初の狙いとしては、ガードン商会を通じて資金提供を続けることで、アリアケ村を徐々に伯爵領に依存させ、経済的な実効支配を成し遂げる腹積もりだった。

しかし、近頃はガードン商会から大量の宝石類が売買され、潤沢な資金を手に入れたらしいと報告を得ている。

つまり、これ以上金銭支援のみでアリアケ村を依存させることは難しいということだ。

「我が伯爵家も余裕があるわけではありませんからね。主に、学者達への支払いのせいですが」

「ぐぬぬ……‼」

日照りの解消を目指して集めた学者達は、今なおバクゼルの頭を悩ませている。

本心では、さっさと報酬を払って終わらせてしまいたい。それなのに、いつまで経っても誰が日照りを解消したのか、その真実が見えて来ないのだ。

いっそ、集まった学者達全員に報酬を支払い、解散しろと追い払ってしまえれば楽なのだが……それをするには、伯爵家の資金が足りなかった。

ただでさえ、日照りによって打撃を受けた農家達に支援金をばら撒かなければならないのだから、当然である。

「それでも、やらねばならん。もはや、こうなっては直接話し合うしかあるまい。ガードン商会ではなく、アリアケ村の代表者とな」

搦め手を弄する手札が残っていないのであれば、後は直接対決だけだとバクゼルは決意する。

いくら平凡と言われていようと、伯爵家の名を背負ってこれまで何度も魑魅魍魎《ちみもうりょう》渦巻く社交の場を乗り切ってきたのだ。出来たばかりの村の代表を言いくるめる程度、赤子の手をひねるより簡単であろう。

「待っていろ、アリアケ村！　お前達の命脈は、全てこの私が握ってくれるわ！」

ふはははは！　と、高らかな笑い声が屋敷中に響き渡る。

ご機嫌そうな主人を見て、良かった良かったと何度も頷きながら……執事は、そのテンションに真正面から冷や水をぶっかけた。

「では、次の報告です。例の、学者達の発表日時がまた新たに決まりましたので、そのタイミングに予定されていた公務の日取りを調整しましょう」

ピタリと、バクゼルの高笑いが停止し、壊れた機械のようにゆっくりと振り返る。

「……それ、私が出る必要はあるのか？　私だけ欠席とか……」

「ダメです。学者達の我が儘やクレームを権力の下に一刀両断出来るのは、バクゼル様だけですので」

引き攣った笑みのバクゼルに向け、執事はにこりと微笑んだ。

「諦めて、学者達の茶番劇に付き合ってください」

「嫌だぁぁぁぁ!!」

この時、バクゼルは心の底から思った。学者達も、どうせ研究するなら次は時渡りの魔道具にしてくれないか、と。

その魔道具の力で過去に戻って、迂闊《うかつ》な私を殴り飛ばしたい。

そう願いながら、バクゼルはガックリと肩を落とすのだった。

第四章　調印式

「まちで、はくしゃくとかいだん？　いいよ」

フレアとの出会いから一ヶ月ほど経ったある日。村にやって来たガードンから、伯爵との会談の要請が入ったと伝えられた。

正直、俺としてもそろそろ本格的に交渉に臨む必要があると思ってたから、渡りに船と言えるだろう。

「いいのか？　そんなにあっさり決めちまって。一番近い町と言っても、結構遠いぞ？」

ここから町まで、森を出た後に小さな村を経由して、合計三日ほど見ないとダメらしい。ブリッグス山脈より遠いのか、それなりにかかるね。

だから、体が幼い子供でしかない俺には辛い旅になるんじゃないか、とガードンは心配しているようだけど……何も問題はない。

「たくさんたべて、おおきくなったから、だいじょーぶ!!」

最近は、フードファイターさながらに色んなものを食べまくっているのだ。確実に大きくなったはず!!

「……大きく？」

ドヤッ、と胸を張る俺に、ガードンは首を傾げる。どうやら、俺が大きくなったという主張に疑問があるらしい。

……ぐぬぬ。

「あたらしいりょーり、つくりゅけど。がーどんには、あげない」

「おー待て待て待て、俺が悪かった、だから機嫌直してくれよ、な？　しばらく来ない内にまた村の様子も随分変わったみてえだし、案内してくれよ」

両手を合わせ、拝み倒すように平謝りするガードンを見て溜飲《りゅういん》を下げた俺は、「しょーがないなー」と村の中を案内してあげることに。

ハクの寝床である、巨大な樹を中心としたアリアケ村だけど、この短い期間にも随分と大きくなった。

村の外からやって来た人がまず遭遇するのは、ミニジャングル、なんて呼び名が定着して親しまれている、巨大なイチゴ畑。

そして、それとほぼ並行するように育てられているのが、今この村で地味に主食になっている芋と、ブルーベリー、それにリンゴだ。

普通、こんなに色んな果物を同時に育てるなんて無理なんだけど、ハクの力で異常なまでの収穫ペースを維持出来ているおかげか、特に問題は起こってない。

サリルの研究の成果で、森の中にありながら一切の獣害と無縁でいられることと、主に畑作業を担当しているゴブリンやウサギ達がすぐ近くに巣穴を築き、事細かに管理してくれてることも大きいね。

そんな畑エリアを抜けたら、中心部にあるのがハクの家だ。

巨大樹の形と強度をそのまま活かし、大きく築かれたその建物は、もはや神殿と呼んで差し支えないほどに立派な外観をしている。

ハクが気兼ねなくお昼寝出来るように、サリルの魔道具でハクの力が抑えられる仕組みになっていることが最大のポイントだ。

何なら、ここ最近はずっとお昼寝してて、ゴブリンや獣人達、はてはウサギ達までやって来て、眠るハクに祈りを捧げる光景が一種の風物詩となるほど。

……ただのウサギのはずなのに、なんでシロ達は当たり前みたいにお祈りしてるの？　どういうこと？

まあ、そんな些細な疑問はサリルにぶん投げるとして。いよいよ、ガードンにとっては一番重要な、ジャムの生産拠点。〝厨房〟を案内する……んだけど。

「がーどん、びっくりしないでね」

「うん？　どういうことだ？」

「なーいしょ」

さっき子供扱いされたことの意趣返しに、ちょっとした（？）悪戯を思い付く。

厨房は、ハクの家……〝神殿〟が出来上がった後、フレアの件があってから作られた建物だ。

その役割は、ジャムを始めとした俺やウサギ、ゴブリン達の食料生産。そしてもう一つ、大事な役割がある。

ハクの力を制御し、暴走させないための安全弁。

炎竜、フレアの家だ。

『む？　おお、ソータではないか！　隣の人間は誰だ？　初めて見る顔だな』

家と言っても、フレアは大きすぎるから、流石に全身を収容出来るような巨大施設は作れなかった。人間サイズの厨房に、フレアが好きなお宝を仕舞っておくための倉庫を併設した感じ。

代わりに、フレアが飛び立ったり着地しても問題ない場所を示すヘリポートみたいなのを近くに設置し、村の中で活動する時は基本的に小さくなって貰うことに。少し窮屈らしいけど、そればっかりは今後の課題である。

そんな〝厨房〟にいたのが、小さくなって空を飛ぶフレアと、同サイズのトゥーリ、それにサリルとユイの四人だ。

小さなフレアを前にして、ガードンはポカンと口を開けたまま固まっている。うしし、作戦成功。

「な、なあ、ソータ君や？　あの小さな鱗のある鳥……鳥？　みたいなのは、なんだ？　こうしてるだけで、なんだか凄い圧みたいなのを感じるんだが……」

「えんりゅー、ふれあだよ。おれの、ぶかになった」

「そうかー、炎竜を部下にしたのかー……って、えぇぇぇぇ⁉」

あまりにも予想外だったのか、ガードンは驚愕のあまり腰を抜かし、その場でひっくり返ってしまう。

そんな彼を見て、サリルは大笑いした。

「ははははは！　ガードン、流石のお前も、このサプライズは随分とこたえたみたいだな」

「当たり前だろう⁉　いや、お前ら、炎竜って……えぇぇぇぇ⁉」

「まーまー、おちついて、おちついて」

まるで言葉になっていない叫びを上げ続けるガードンを宥めつつ、事情説明に入る。

以前から売り捌いて貰っていた宝石類が、炎竜フレアから貰ったものだってこと。

そして、サリルの研究成果が形になり、フレアの力を制御、利用する見込みが立ったから、ブリッグス山脈からアリアケ村に引っ越して来て貰ったことを。

「後ろ暗いものじゃあないから、今は何も聞かずに売ってくれって言われた時は何事かと思ったが……十分後ろ暗いじゃねーか……お前ら、まさか山脈に行ったのか」

「まあまあ、何も無かったんだからいいんだよ」

「良くねーよ！　ったく、この研究バカが……」

はあ、と、ガードンは深い溜め息を溢す。

やっぱり、炎竜との友好関係は人間には刺激が強すぎたんだろうか？　と不安になっていると、ガードンは思ったよりもずっと早く立ち直り、いつもの商人の顔になった。

「それで？　まさか俺を驚かせるためだけに炎竜と会わせたわけじゃないんだろ？　何があるんだ」

「話が早いな。まあこれを見ろ」

サリルが取り出したのは、小さな魔石だった。

長い時間をかけて大量の魔力を浴び、内部に魔力を溜め込む性質を会得するに至った〝魔鉱石〟を精錬することで得られるその石は、全ての魔道具の核となる物質らしい。

それがどうしたのかと首を傾げるガードンに、サリルはゆっくりと説明した。

「この魔石一つで、《発火《ファイア》》を何回発動出来ると思う？」

「んん？　このサイズだと、使えて二、三回じゃないか？」

「ふふふ、それが普通だよな」

そう言って、サリルは魔石を握り込み、その内部に込められた魔力を用いて《発火《ファイア》》を発動する。

途端、サリルの周囲を数十にも上る炎が取り囲み、煌々《こうこう》と燃え始めた。

「これで、まだ半分も使ってないな」

「なっ……これだけ使って半分だと⁉　どういうことだ⁉」

「炎竜の魔力だ。解析したところ、人間なんて目じゃないほどに密度が高く、ほんの僅かな量でも、人の扱う魔道具を動かすには十分過ぎる力が備わっていることが分かったんだ。少し調整は必要だが、革命的な魔道具が作れるぞ」

難点は、炎竜がいなければ動かすことも出来ないところだな、とサリルは肩を竦める。

フレアがいないと使えないのは厄介だけど、こうして村に引っ越して来てくれたから、俺達はその恩恵を受け放題だ。

「これで、れーぞーこつくって、りょーりをとおくまではこべるよ。だから、はくしゃくさまに、おみやげのりょーりつくろーとおもうの」

「……伯爵様、驚き過ぎてひっくり返るんじゃないか？」

「そーなったら、ねらいどーり」

ぶい、と、ピースサインを作ってアピールする。

交渉の基本はカードバトルだからな。どれだけ多く相手より強い手札を揃え、相手に対して強い立場を手に入れられるかが大事だ。

その意味で、会談相手の伯爵が驚いてくれるなら成功と言えるだろう。

「ソータ様、早く料理を作りましょう！」

「うん」

ガードンとずっと話し込んでいて痺れを切らしたのか、ユイが待ちきれないとばかりに叫ぶ。

元々、冷蔵庫の試作品の性能を確かめるため、何か冷蔵に向いた料理を作ろうと言い出したのがこの集まりだからな。早く何か食べたくて仕方ないんだろう。

隣で平然としているように見えるトゥーリも、ソワソワと楽しみにしているのが隠しきれてない。これは、早く作らなきゃ怒られるな。

「それじゃー、みんなでくっきーつくりゅよ！」

「くっきーですか？」

初耳なのか、ユイがこてんと首を傾げる。

そう、ジャムに合う料理はなんだろうかと考えた俺が目を付けたのは、セントラル領から輸入出来るようになった大量の小麦粉だ。

これを使ってパンを作る計画もあるんだけど、ここはもう一つ、おやつに最適なクッキーも作ってみたい。

「おいしーよ、たのしみにしてて」

「分かりました。あ、ソータ様は下がってください、作業は私がやります」

「ソータ、料理はまだ危ないから下がってろ、指示してくれれば俺がやるから」

料理を始めるべく手を伸ばした瞬間、ユイに前を遮られ、サリルに後ろからひょいと抱き上げられてしまった。

ねえ君たち、会話も出来ないはずなのにどうしてそんなに息ぴったりなのかな？　俺だって
いい加減この体に慣れたし、料理くらい出来ると思うんだよ!!

「ユイもやるのか？　まあいい、ソータ、何から始めればいい？」

「……こむぎこと、さとー、まぜるとこから」

このままゴネても話が進まないので、俺は渋々指示出しに徹することに。

おのれ、もっとたくさん食べて、絶対大きくなってやる!!

「ふむ、こんな感じか？」

「よいしょ、よいしょ」

そんな決意を胸に秘めながらも、作業は順調に進んでいく。

と言っても、それほど難しいことはない。

材料となっている小麦粉、砂糖、それにバターを混ぜ合わせ、よーく混ぜ合わせたら型抜きし、焼くだけである。

ちなみに、バターもセントラル領からの輸入品だ。

バター……牛乳……背を大きくするには必須だよね。輸入だけだとあまり量が確保出来ないし、アリアケ村でなんとか自給出来ないものか……。

っと、今は牛乳の話をしてる場合じゃなかった。

「さりる、ゆい！　おれも、やる！」

そう、クッキー作りは、子供でも安全にやれる簡単な作業なのだ。この程度のこともやらないのでは、年長者としての威厳が廃る。

そんな俺の宣言に、周囲からは温かい視線が注がれた。

「仕方ないな、少しだけだぞ」

「あい！」

サリルの許可も貰ったところで、俺も早速作業に入る。

とはいえ、サリル達が作った生地を、クッキーの形に整えるだけだけど。

『こうして料理が出来上がっていくのを見るのも、なかなか楽しいものがあるね。そう思わないか、フレア』

『……そうだな』

俺達が三人で作業しているのを、トゥーリとフレアがどこかしんみりとした空気で眺めていた。

何となく口を挟みづらい空気に首を傾げつつ、俺は自分の手元に集中する。

形が出来たら、まずはそれを軽く十分ほどオーブン（これもフレアの魔力を利用する形でサリルが作った）で焼く。

そして、焼き上がったそれを見て……一言。

「……まあまあ？」

オーソドックスな丸いクッキーにしたかったんだけど、ちょっと形も大きさも不揃いだ。

他の二人はどうかな、と思って見てみると、サリルは手作業とは思えないほど完璧な丸を形作っていた。

「さりる、きれー！」

「まあ、これくらいはな。ソータも上手だぞ」

素直な感想を溢すと、サリルは満更でもなさそうな顔で俺の頭を撫でて来た。

なんだろう、最近すっかりこうやって撫でられることに違和感を覚えなくなってしまった自分がいる。複雑だ……。

「ゆいは、どう？」

サリルが物凄く良い出来だったけど、ユイはどうなのだろうかと目を向けると……そこには、もはや次元が違うとしか言いようがないほどに精巧なデフォルメ動物クッキーが出来上がっていた。

「すごっ!?　ゆい、これじぶんでつくったの!?」

「はい、そうですよ。右から、ハク様、フレア様、それにトーリ様です」

俺が上手く発音出来ないせいで、一人だけ名前を間違って覚えられているんだが……まあそれは置いといて、本当によく出来ている。

「次はジャムを載せるんですよね？」

「うん、すきなのをのせて、もっかいやくの」

その工程が終われば、晴れてアリアケ印のジャムクッキーの完成である。

「では、こうして……」

「おお～～」

ユイは三人の神獣を模したクッキーに、それぞれの色に合ったジャムを載せていく。

フレアには真っ赤なイチゴ。トゥーリには紫のブルーベリー。ハクには、一番透明に近いリンゴだ。白いジャムはないからな。

「すごいよ、ゆい。これ、そのまましょーひんにもできるかも」

この村は、神獣達の恩恵ありきで成り立ってるみたいなところがあるからな。そんな三人を模したジャムクッキーとなれば、村の特産品としてこれ以上ない目玉だろう。

「そう言って貰えると嬉しいです。けど、これは商品よりも前に、ハク様達に献上したいです。

……前にお供えしたものをつまみ食いした分のお返しも出来ていませんし」

「あはは、うん、いいとおもう」

つまみ食いの件、まだ引き摺《ず》ってたんだな。ユイもなんだかんだ義理堅いやつだよ。

俺達の会話内容も分かっていないトゥーリやフレアが疑問符を浮かべている中で、仕上げのもうひと焼きを終わらせたユイは、早速トゥーリとフレアの前に向かう。

「トーリ様、フレア様。私からのお供え物です、どうぞお納めください」

『僕達にくれるのかい？　ありがとう、ユイ』

俺が通訳してユイの意図を教えてあげると、トゥーリは嬉しそうに鳥の形をしたクッキーを受け取り、パクリと一口。ご満悦そうに翼を震わせる。

『うん、美味しいね。また作って欲しいくらいだ』

「ゆい。とーり、おいしーって」

「えへへ、良かったです」

トゥーリの様子を見て、喜んでくれてると実感出来たんだろう。ユイも嬉しそうだ。

一方で、フレアはなかなかクッキーに手を付けようとしなかった。

「ふれあ、どーしたの？」

『……か』

「か？」

『こんなもの、食べられるかぁーー!!』

ミニサイズのまま天井に向かって絶叫するフレアに、その場にいた全員が驚く。

けれど、叫んだ当人はそんなこと気にせず、内なる想いを吐露していった。

『こんな……我を模したクッキーなど、こんな贈り物を貰ったのは、我が誕生して数千年の生の中で初めてだ!!　もはや、今まで目にした、どんな宝よりも美しい……!!　これを食べてしまうなど、もったいなくて耐えられん!!』

「そ、ソータ様、フレア様は一体……私のクッキー、お気に召さなかったでしょうか……？」

「ううん、うれしくって、もったいないから、たべられないって」

ひとまず喜んでいることを伝えると、ユイもホッと胸を撫で下ろす。

しかし、フレアの方はどうしたものか、クッキーの前で滂沱《ぼうだ》の涙を流している。

「ふれあ、とりあえず、そのくっきーは、れーぞーこのじっけんもかねて、ほかんすりゅから、だいじょーぶだよ」

『おおっ、保存してくれるのか!?』

「うん」

まあ、いくら冷蔵庫があるからって、無限に保存出来るわけじゃないんだが……そこはまあ、おいおい説得していこう。

「とゆーわけで……しんじゅーもよろこぶ、じゃむくっきー。はくしゃくさまへのおみやげに、どーかな？」

それより今は、伯爵との会談に持っていく手土産だ。

このジャムクッキーなら失礼にあたらないだろうかと問う俺に、それまでずっと静かに様子を見ていたガードンは苦笑を漏らした。

「神獣の好物なんて貰ったら、伯爵様は腰抜かすほど驚くんじゃないか？　持ち運び用の冷蔵箱も作るんだったら、合わせてアリアケ村の強みをアピール出来るだろうよ」

「よし、じゃーそれで！　とゆーわけで……がーどんも、いっしょにたべゆ？」

ひとまずの作戦が定まったところで、俺とサリルが作った余り物のジャムクッキーを指差すと、ガードンは待ってましたとばかりに腹を叩いた。

「実は、さっきからずっと俺も食べたいと思ってたんだ、助かるぜ！」

こうして俺達は、わいわいと新作のジャムクッキーに舌鼓を打ちながら、楽しい一時を過ごし――

その最中、いともあっさりと、俺の初めての人の町へのお出かけが決定したのだった。

*

セントラル領を治める伯爵様に招かれ、俺は初めて人の町へ向かうことになった。

メンバーは、俺とサリルは当然として、ユイにトゥーリ、それとシロまでついてくることに。

その理由は、俺達の住むアリアケ村がどういう場所で、どのように運営されているのかを説明する上で、分かりやすい〝証拠〟が必要だろうと判断されたからだ。

神獣の庇護と加護を受け、人間と獣人と動物と、更に魔物までもが共生する村。異質なんてレベルじゃなく、そのまま話しても信じて貰えないんだと。

だからこそ、獣人のユイや、力は弱くとも神獣の一角であるトゥーリ、既に半魔物化しつつある可能性が高いというシロを連れてやってきたんだ。

本当は、分かりやすく大きな力を持つハクや、白猫の里代表とも言えるフガンさんが良かったんだけど……ハクは力が強すぎて町に入れないし、フガンさんからは「若い者が行った方が、妙な偏見も先入観もなく、これからの時代を拓くのにいいだろう」と言われてしまった。

ユイって、結構信用されてるんだな……と意外に思ったのは内緒。

「おお～、ここが、ひとのまち……」

そんなこんなで、トゥーリとシロが俺の頭の上を奪い合ったり、ユイが初めて乗る馬車ではしゃぎ過ぎたせいで馬車酔いしたりと大騒ぎしながら、俺達はセントラルの町に入っていく。

セントラル伯爵領の中心部。正式名称はセラルって言うらしいけど、この町以外はほぼ広大な農地を管理する農村のせいで、〃セントラルの町〃と言うだけで通じてしまい、正式名称を覚えている人はほぼいないらしい。

馬車の窓から外を眺めてみると、転生前に住んでいた町のような摩天楼は流石にないが、二階建ての大きな建物が結構多いし、人でごった返してる。賑やかで活気のある町だな、っていうのが、俺の第一印象だ。

『人の町まで来るのは久し振りだけど、少し見ない間に随分と賑やかになったものだ。相変わらず、人間というのは面白い』

「とーりが、さいごにきたの、いつ？」

『どうだったかな……二十年は来てなかったと思うけど』

二十年かー。まあ、それだけあれば人の暮らしや町並みも大きく変わるもんだよね。

もっとも、あまりにも長い時を生きる神獣にとっては、二十年なんてあっという間だろうから、余計人の忙しなさには驚くのかもしれない。

そんな風に、頭の上に乗るトゥーリと話していると、腕の中にいるシロがもぞもぞと身動《みじろ》ぎする。何か話したいみたいだ。

『…………』

「しろも、おどろいた？」

『…………』

「あはは、たしかに、じめんほれないね」

アリアケ村では日夜ゴブリン達と協力して穴を掘り、畑の整備と拡張を続けてくれているシロとしては、石畳の地面が気になって仕方ないらしい。

石畳を割って地面を掘ったらダメかと聞かれたので、ダメですと一刀両断すると、しょんぼりと腕の中で小さくなった。

うん、そんな可愛い反応しても、ダメなものはダメだ。

ていうかシロ、さらっと言ったけど君、石畳を叩き割れる力あるのね……。

「ゆいのほうは……まだ、ちょーしわるそう。だいじょーぶ？」

「うえぇ……大丈夫じゃないです……」

慣れない馬車でグロッキーなユイは、サリルに苦笑交じりに介抱されていた。

「馬車から降りれば、ジャムを舐めてすぐに回復するはずだ。……っと、今舐めてもすぐにまた酔うだけだぞ、あと少し、我慢しろ」

「ジャム～、ジャム～……」

何かと一緒に動くことが多いからか、二人ともすっかり慣れたみたい。言葉は通じていないはずなのに、俺抜きでもしっかりコミュニケーションが取れている。

そんな光景を微笑ましく思っている間にも馬車は進み、やがてこの町で一番大きな建物……伯爵家の屋敷に入っていく。

「ようこそおいでくださりました、アリアケ村の皆さん。私は、この伯爵家で執事長をしております、ブランデルと申します。以後、お見知りおきを」

馬車から降りた俺達を真っ先に出迎えてくれたのは、ビシッとした執事服に身を包む、初老の男性だった。

片目にモノクルをかけ、白髪が目立つ頭ながら隙のない完璧な礼を取るその立ち居振舞いは惚れ惚れする。

「早速ですが、バクゼル様が会食の用意をされております。どうぞこちらへ」

屋敷の中に案内されると、中は見事な調度品で所狭しと飾り立てられた、まさに豪邸と言わんばかりの空間だった。

絵画や壺、魔物らしき生き物の剥製《はくせい》に、素人目にも美術的価値の高そうな鎧や剣。

床にはカーペットが敷かれ、大勢のメイドや執事たちに挨拶されていると、なんだか自分が貴族にでもなったみたいだ。

「ソータ、あまりきょろきょろするな、堂々としてろ」

「わかってゆ」

つい、前世でさえ滅多にお目にかかることが出来なかった豪華な内装に圧倒されてしまったが、これも伯爵の作戦なんだろう。それにあっさり呑まれてたら、交渉にもならない。

改めて気を引き締め直した俺は、ちゃんと自分の足でカーペットを踏み締め、伯爵が待つという食堂へ向かう。

シロやトゥーリ、それにユイを入れて貰えるかちょっと心配だったけど、事前に通達していたお陰か、特に咎められることもなかった。

「ようこそ、アリアケ村の諸君。歓迎しよう」

そうしてやって来た食堂には、準備万端待ち構えた伯爵の姿があった。

ふくよかな体型と、如何にも場馴れしていそうな不敵な笑みが特徴的なその御仁は、テーブルの上座で両手を広げ、歓待の意思を示している。

テーブルの上に並べられているのは、贅《ぜい》を凝らした料理の数々。それも、アリアケ村では絶対に食べられないようなものばかりだ。

食いしん坊なユイやトゥーリのみならず、俺まで生唾を飲み込んでしまうその光景に心奪われているうちに、セントラル伯爵家当主……バクゼル・セントラルは、俺達の下に歩み寄ってきた。

「まさか、アリアケ村の代表がサリル殿だとは思いもしませんでしたぞ。お久し振りですな」

「こちらこそ、お久し振りです、バクゼル伯爵」

真っ先に手を差し伸べられたサリルが、礼を尽くして応対する。

どこか憑《つ》き物が落ちたようなその態度に、バクゼルが「おや？」と戸惑いを感じている隙に、サリルがとっておきの……事前に俺と考えていた言葉を口にした。

「ですが、アリアケ村の代表は自分ではありません。こちらにいる少年……ソータこそが、アリアケ村の代表です」

「そーた、です。ありあけむらの、だいひょーをしておりましゅ」

シロやトゥーリに降りて貰い、ぺこりと挨拶する。

どう見ても三歳かそこらの幼児が代表として紹介されて、ポカンと口を開けたまま硬直する伯爵に、俺はにやりと笑みを浮かべた。

「ほんじつは……よろしくおねがいしましゅ」

＊

バクゼルは、今日のこの会談に全てを懸けて臨んでいた。

アリアケ村が生産するジャムがあまりにも有用であり、その流通に一枚噛むことが出来れば、巨大な資金源となることが確定しているから……というのももちろんあるが、実はもう一つ、のっぴきならない理由がバクゼルにはあった。

いい加減、ジャムに飢えた領民達からの突き上げがヤバいのである。

しかも、一般市民からだけではなく、領内でレストランなどを経営する料理人や、ポーションを生産する錬金術師ギルド、医療に携わる薬師ギルドからも、研究材料や運営に必要な物資として最優先で回せと圧力をかけられまくり、このままでは冗談抜きで内乱まで起こりかねない状況に陥っていたのだ。

流石にこれは、長年領主として町を治めて来たバクゼルをして想像の埒外である。

(なんとしても、アリアケ村との提携を全力で推し進めなければならん‼)

そんな決意を胸にしたバクゼルは、もはや王族を迎え入れるつもりで使用人達に檄《げき》を飛ばし、屋敷を徹底的に整えさせた。

いつも以上に豪華に仕上げ、セントラル領でも選りすぐりの料理人達に最高のコースメニューを用意させ……いざ対峙したのがサリルだったのを見た瞬間、バクゼルの脳裏に浮かんだのは緊張と安心、正反対の二つの感情だった。

以前、彼の研究成果を一蹴してしまったことによる負い目と、あるいはそれを正式に認めることが交渉の手札となるのでは？　という期待から来る安堵感。その間で揺れ動いた僅かな隙に差し込まれたのは、想定外の一手だった。

今目の前にいる、まだついこの間立って歩き始めたばかりではないかと問いたくなるような幼い子供が、村の代表だというのだ。

（一体……何が狙いだ……？？）

代表者は、文字通り村の代表であり、象徴であり、総意の代弁者である。すなわち、その子供——ソータの発言は、そのままアリアケ村の意思だと受け取られるのだ。

それは何も、お互いに発言内容を書面に書き残す正式な会談の場だけではない。こうした何気ない会食の席における発言さえも、重大な責任を伴う。

ただでさえ感情に流されやすく、不用意な発言を抑えることが難しい子供に代表を任せるだけでもリスクのある行為だというのに、サリルが代弁者となるでもなく堂々と矢面に立たせるというのは、とても理解出来ない。

それをしたのが、曲がりなりにも公爵家の血を引く令息であるというのが尚更不気味だ。

（見たところは、普通の子供のようだが……）

ソータに対する第一印象は、礼儀正しい子供だな、というものだった。

食事の席についても、余計な私語を挟むこともなく、目の前の料理にゆっくりと舌鼓を打っている。

彼よりも年上に見える獣人の少女、ユイなどは子供らしく少し落ち着きをなくし、隣に座るソータへ何かと世話を焼いている様子なので、こちらの方がよほど子供っぽいと言えよう。

何を言っているのかは、バクゼルにはさっぱり分からないが。

「――」

「え、ついてりゅ？　ありあと」

「――」

「ゆい、そんなにあわてなくても、ゆっくりたべて。……あ、しろはこれ、はい。とーりも」

『――』

『――』

「……サリル様、彼は……ソータ殿は、動物使い《テイマー》なのかな？」

一通り観察したことでバクゼルが得た結論は、ソータが動物を操る能力を持っているのでは？　ということだ。

それならば、かなり特殊な力ではあるが、歴史上いないことはない。

しかし、サリルから返ってきたのは予想外の言葉だった。

「いいえ、ソータにそのような力はありません。彼に備わっているのは、どんな種族とも動物とも……神獣とさえ対話を可能とする力です」

「対話、ですと？　それも……神獣と？」

「はい。自分が以前ここで発表した成果も、ソータがいてこそ形にすることが出来たものです」

対話する能力というと、操る能力より一見下に見えるが……そんなことは決してない。

なぜなら、操るだけでは細かな指示など出せる筈もないので、あくまで術者が傍にいなければ成立しない。更に、自身の力が及ばない相手では、逃げる以外に取れる手段もないだろう。

しかし、対話が出来るということは、人が人に対してするように取引したり、指示を出して離れた場所で働いて貰うことすら理論上は可能だ。

動物や異種族、そして何より……神獣相手にそれが出来るのであれば、使い方次第で万軍よりも恐ろしい能力と化すだろう。

「もしや……アリアケ村の躍進も、神獣の恩恵なのですかな？」

「その通りです。ソータは既に、三体の神獣と友好を結んでおります」

「さ、三体だと⁉」

予想を超えた発言に、バクゼルのみならず周囲を固めていた執事やメイド達さえ絶句していた。

たった一体でさえ、町を滅ぼし、周辺環境を激変させ、国の在り方さえ歪めるほどの力を持つのが神獣だ。そんな神獣と、三体も繋がりを持っている。

それは本当なのかと、半信半疑な気持ちが顔に出ていたのだろうか。サリルは、ソータへと軽く目配せした。

「はくしゃく。このこ、わかる？」

「この子……とは？」

サリルのアイコンタクトを受け、ソータがバクゼルへと声をかける。

彼が指し示したのは、アリアケ村から持ち込んだのであろうイチゴを齧り、共に食事を摂っていた一羽の鳥だ。

従者として、特殊な生物を連れてくる、と通達はあったのだが――

「まさか……その鳥が、神獣なのか⁉」

「うん。しちょーって、しってゆ？」

知ってるも何もない。天猫や炎竜などと比べれば目立たないが、数多くの逸話を持つ立派な神獣である。

一般的には、死に行く人の前に現れ、その魂を連れ去るということから〝死を招く凶兆〟、あるいは〝地獄への案内人〟と、何かにつけてマイナスな印象ばかり付き纏う存在だ。

だが……死鳥にそんな逸話が根付くことになった理由まで知っているほど、歴史に精通する者は少ない。

かつて、この大陸を支配していた大魔導帝国。現代では再現不能とされている失われた魔法《ロストマジック》の力で栄華を極めたその国が、神獣の力をも手に入れるべく軍を動かしたことがあった。

激しい交戦の末、一体の神獣が命を落とした。その、翌日。

軍を動かした王とその側近達全てが、一夜にして謎の死を遂げたという。

外傷もなく、あらゆる魔法防御をすり抜けて、まるで魂だけを抜き去られたかのように死んでいった彼らの最期を見届けたのは、たまたまその場にいて王の最期を目撃したという一人のメイド。

彼女の言葉は、力を失い大魔導帝国が消滅した今なお、各国の重鎮や貴族の間で密かに伝えられている。

神獣には、手を出すな。

怒りに燃える死の鳥が、全てを奪いにやって来るぞ、と。

(もし、この鳥が本物の死鳥なのだとすれば……この少年がその気になれば、いつでもこちらの命を奪えるのやもしれん……)

緊張のあまり生唾を呑み込もうとして、知らぬ間に乾ききった口の中が痛みすら訴える。

何かを言わなければと考えるものの、バクゼルの脳はあまりの事態にただ空転するばかりで、意味のある言葉を紡いでくれない。

そうして、どれほどの時間が経ったのか——ふと、顔に触れた布の感触に、バクゼルはびくりと身を震わせる。

「だいじょーぶ、ですか？」

「あ、ああ……ありがとう」

どうやら、何も言わず冷や汗をかく自分を心配して、ソータがハンカチを押し当ててくれたらしい。

その心遣いに感謝を述べたバクゼルに、ソータはにこりと笑みを浮かべる。

「しんぱいしなくて、へーきですよ。とーりは、こわくないです。おれの、ともだちなので！」

「………………」

死鳥が持つ逸話を、この子は知っているのだろうかと、バクゼルは問いそうになって……意味がないと気付き、やめた。

たとえ知っていようといまいと、この子の心は変わらないのだろうと、不思議とそう思ったのだ。

「そうか、友達か。良いものだな、友達というのは」

「あい！　おれたちは、はくしゃくとも、そーなりたいです」

お願いしますと、ソータが頼み込む。

その無垢な笑顔に魅せられたバクゼルに、それを断るという選択肢は既になかった。

「こちらこそ、よろしく頼む」

それまで頭の中にあった企みや打算もすっかり忘れ、二人は手を取り合う。

こうして、人と獣と神が共生する奇妙な集落、アリアケ村は、セントラル伯爵領と正式に友好関係を結ぶのだった。

*

ソータとの会食が無事に終わり、アリアケ村とセントラル領との関係や取引についての会談も済ませたバクゼルだったが、それで肩の荷が下りたかと言えばそんなことはない。

アリアケ村との友好を領民達にアピールし、更なるジャムの供給が約束されたのだと喧伝《けんでん》するため、大々的な調印式を行うことになったのだ。

「いよいよだな……何事もなく終わってくれればいいが」

そんな調印式を目前にしたバクゼルは、ここ数ヶ月で一気に老け込んだ自分の顔を鏡で確認しながら、深い溜め息を溢した。

例の日照りが起きてからというもの、彼の身に降りかかった苦労は想像を絶していた。

水不足で被害を受けた農地の確認と、今後の対策や補償、減税などの措置を行うために行われる連日の会議。

学者達は誰も彼もが日照り解消は自分の功績だと言って欠片ほども譲らず、その長々とした演説と不毛な口論を聞かされ続け。

極め付きが、神獣の加護に抱かれた謎多き集落……アリアケ村の登場だ。

ソータの人柄もあって、あっさりと友好関係を結ぶことになったまでは良いのだが、今後の方針については伯爵家の中でも見事に意見が真っ二つに割れている。

すなわち、アリアケ村を庇護する神獣達との繋がりを、王家に報告するか否かだ。

神獣の威光を背景に発言権を強めるべきとする声と、そんなことをすれば王家からの余計な介入を招きかねないと危惧する声。どちらも一理あるのだが、バクゼルとしてはそれ以前の問題だとも思っている。

そもそも……神獣との繋がりがあるなどと、誰が信じてくれるのだろうか？

死鳥という存在を直接目にしたバクゼルでさえ、未だ半信半疑だというのに。

（まあ、神獣のことがなかったとしても、十分に注目される村だとは思うがな）

ポーションと同様の効果を持ったジャムの生産だけでも相当なものだが、会食の後に行われた会談の場では、〝とある神獣の力を利用した〟という画期的な魔道具……クーラーボックスまで提示されている。遠く離れたアリアケ村で作られた料理を、新鮮な状態を保ったままこの町まで運ぶことができる道具など、前代未聞である。

アリアケ村近郊でしか満足に使えないというハンデはあるが、一般的に普及している魔道具よりも遥かに高性能で長時間の稼働を実現するそれもまた、アリアケ村の価値を飛躍的に高めることだろう。

そんな村との友好関係は、バクゼルの治めるセントラル領にとっても、大きな追い風となるはずだ。

(既に、勘の良い貴族達は探りを入れるための間諜《かんちゅう》を送り込んでいるはず。そやつらに利益をかっさらわれないためにも、しっかりと内外に向けて繋がりをアピールしなければな。散々苦労したのだ、せめてたっぷりと美味い汁を吸ってくれる!!)

「伯爵様、そろそろお時間です」

「ああ、分かった」

内心で密かに抱く願いなどおくびにも出さず、バクゼルは屋敷の外へ向かう。

集まった聴衆と、設置された演説台。その上に立ったバクゼルは、貴族らしく朗々と語り出した。

「皆の者、よくぞ集まってくれた。このめでたき日に――」

ひとまずは軽いジャブとして、どうでもいい話を振りつつ場の様子を見る。

舌の回り具合を確認し、聴衆がほどほどに焦《じ》れて来たところで、満を持して本題に入った。

「それでは紹介しよう。こちらがそのアリアケ村の代表、ソータ殿と、付き人であるサリル殿だ」

幼い子供が壇上に登ったことに、少なからず場が喧騒に包まれる。

諸事情で子供が領主として擁立される例はなくもないのだが、やはり珍しいことに変わりはないのだ。

ましてや、相手は未知の力を秘めた特産品を輸出する、今もっとも話題の村なのである。その長がまだ可愛らしさの残る子供であるというのは、やはり驚きを隠せない様子だ。

(分かるぞ。私もそうだった)

うんうんと、心の内で何度も頷きながら見ていると、壇上に登る途中でソータが躓《つまず》く。

あっ、と、聴衆の誰かが呟く声が聞こえたのと同時に、倒れそうになったソータを後から来たサリルが抱き起こした。

「つと、大丈夫かソータ?」

「だいじょーぶ、ありがと、さりる」

拙い言葉でお礼を伝えながら、改めて壇上に立つソータ。

拡声の魔道具まで、どう見ても身長が足りていない状況に一瞬硬直したかと思えば、どこからともなくやって来た執事が慌てて台座をセットし、その上に一生懸命よじ登る。

真面目にやっていることはよく伝わって来るのだが……小さな体で真面目にやっているからこそ余計に、頑張れと応援の言葉を投げかけたくなるようないじらしさがあった。

「しょ、っと……ごしょーかい、あずかりまちた。そーた、でしゅ。よろしく、おねがいしましゅ」

ただ、挨拶をしただけだ。しかし、その時点で既に、聴衆の抱く感情は「謎の子供村長」から「可愛らしい幼児」へと切り替わり、不信感が全て微笑ましさへと塗り潰されていた。

領主として、これまで幾度となく民衆の前に立って演説して来た経験を持つバクゼルは、瞬く間に人々の心を掌握してみせたソータの手腕（？）に舌を巻く。

これが天然の人たらしというものか、と感心しながらも、その感情を表には出さず、バクゼルは続けてサリルへと目を向けた。

「そしてもう一人、こちらにいるサリル殿だが……彼は、つい先日までこの領内を襲っていた日照りを解消した、その最大の功労者であると判明している！」

ソータの紹介でほっこりとしていた空気が、続くバクゼルの言葉で一気にまた騒がしくなる。

それもそのはず。日照り解消のために集められた学者達が連日起こしていた騒動に関しては、領民達にもとっくに噂が流れていた。

日照りが収まった直後こそ、学者達に感謝の念を抱いていた彼らも、あまりにも醜いその争いに辟易《へきえき》し、距離を取るようになっていたのだが……ついに判明したという功労者が、今から友好を結ぶアリアケ村の人間だというのだ。驚くなという方が無理がある。

「私ことバクゼル・セントラルは、アリアケ村が我々にもたらした恩に報いるため、アリアケ

村の自治を正式に認め、永久の友好を結ぶことをここに宣言する！　賛同する者達は、拍手を!!」

「「「おぉぉぉぉぉ!!」」」

割れんばかりの拍手が巻き起こり、歓声が轟《とどろ》く。

念のため、何人かサクラを用意していたバクゼルだが、特に必要なかったなとホッと胸を撫で下ろした。

「伯爵、いいんですか？」

そんな民衆の熱に紛れるように、サリルが密かにバクゼルへと問いかけて来た。

サリルに日照り解消の功績を与えることは事前に話を通していたのだが、やはりこのような形で発表されることに戸惑いを覚えるらしい。

「いいのだ。どちらにせよ、今となってはサリル殿以外に日照りを終わらせたと思える学者など一人もおらんしな……」

荒唐無稽だと思われていた、神獣の力が本物だった。ならば、サリルが語った、天猫の力で日照りを終わらせたという話にも信ぴょう性が出るというものだ。

決して、学者達の茶番を終わらせるため、強引に話を進めたわけではないのである。

（これで一つ、肩の荷が下りる……）

「お待ちくだされ!!」

後は調印書にバクゼルとソータの署名を記し、適当に締めの言葉を述べるだけだとなったところで、突然民衆の中から声を張り上げる者が現れた。

勘弁してくれ、と思いながら、バクゼルはその声の主に目を向ける。

「お前は……確か、天候学者のシューレマンだったな。此度の調印に何か不満でもあるのか？」

「いえ、そちらは特に何も」

だったら今は黙っていてくれと、バクゼルは切に願った。

もっとも、それが通じるならば彼も最初から叫んでいないが。

「私が納得いかないのは、雨を降らした功績をそこの若造に渡すことです!! これまで見事に伯爵様の要望通り雨を降らせてみせた私を差し置いて、ポッと出の其奴《そやつ》に横からかっさらわれるのは納得いきません!!」

「ああ……なるほどな……」

その話、まだ続くのか——と、バクゼルは心の底から溜め息を溢した。

だが、既に嫌気が差しているバクゼルと違い、シューレマンは必死なのだろう。何の運命の悪戯か、これまで三回に渡り行われた雨降らしの実践で、全て当日中に雨を降らせるという奇跡を成し遂げているので、尚更に。

（まあ、当日中とは言っても降るまでの時間も規模もバラバラだったし、恐らく偶然だろうと

は皆考えていたのだが……うーむ、どうするか）

ここでシューレマンの要求を突っぱねることは簡単だが、あの様子ではどうせ追い返したところでまた来るだろう。

今回の件はともかく、今後のことを思うならシューレマンとて伯爵領には必要な人材だ。あまり無体な扱いをして、他領に流出でもされては困るという事情もある。

悩んだ末、バクゼルは結論を下した。

「分かった、ではもう一度ここで実験する機会をやろう。見事に雨を降らせることが出来たなら、約束通りお前にも報酬を支払う」

「お任せください!!　必ずや成し遂げてみせましょう!!」

調印式の途中で雨が降られても困るため、天気予報師が「絶対に一日中晴れる」と太鼓判を押した日を選んでこの式を執り行っている。

ことここに至っても雨を降らせることが出来たなら、もうそれはそれで凄まじいので金くらい払ってもいいかとバクゼルは思った。

単に、考えるのも面倒になったとも言う。

「それでは、皆さんご覧ください。私の、雨雲を呼び込む至高の魔道具の力を!!」

このタイミングを狙ったのは、民衆を証人とするためなのだろう。突如始まった謎の余興に、民衆はなんだなんだと興味をそそられている。

「……すまない、ソータ殿。おかしなことに巻き込んでしまった」

「いえ、だいじょーぶでしゅ。さりるいがいの、じっけん、はじめてで、たのしみでしゅ！」

「そう言って貰えると助かる」

言葉通り、興味津々といった様子のソータを見て、バクゼルはホッと胸を撫で下ろす。

このような形で調印が台無しになっては、これまでの苦労が全てパーだ。ソータの善良な心根に感謝しながら、せめて余興として楽しいものであってくれとバクゼルは祈った。

「あめ、ふるかな？」

「さてな。シューレマン博士は俺でも名を知っている程には有名な人だが、流石に天候操作は難しいと思うが……」

ワクワクしている様子のソータに、サリルは現実的な意見を口にする。

そう、まず不可能なのだ。雨雲を呼び寄せるも何も、その雨雲がどこにもないのだから。

そんな風に考えながら、しばしの時間が過ぎた頃――ふと、民衆の中から声が上がった。

「なんだ、あれは？」

空の果てに、小さな影が見える。

みるみるうちに大きくなるそれを見て、シューレマンは「来たか⁉　やはり私の研究は正しかった‼」と叫ぶのだが、その歓喜の表情もやがて訝しげなものへと変じていく。

明らかに、近付いてくるそれは雲ではない。

真紅の翼をはためかせ、咆哮と共に大空を滑るように飛ぶその姿は、誰もが一度は童話の中で目にしたことのある伝説の存在。

その襲来は国家の破滅を意味するとまで謳われた最強最悪の神獣——

「炎竜だぁぁぁ⁉」

誰かがそう叫ぶと同時に、民衆の間にパニックが巻き起こった。

＊

神獣の中には、人に恵みをもたらす心優しき存在もいるとされている。天猫などは最たるもので、豊穣を司る土地神として信仰しているのは、何もユイ達白猫族の獣人だけではない。

しかし、炎竜は違う。その強大な力に裏打ちされた伝説には〝その怒りで国を滅ぼした〟というものしかない。

この国が、その標的になってしまったのだと考えるのは、ごく自然な流れだった。

「お前ぇぇぇ‼　なんてもん呼び寄せてくれやがったんだ、ふざけんな‼」

「ち、違う、私ではない、私が呼んだわけでは‼」

「嘘つけぇ‼　お前さっき、嬉しそうに『来たか……』とか言ってたじゃねぇか‼」

「違う、違うのだ‼」

タイミングがタイミングだけに、民衆の中にはシューレマンの魔道具が炎竜を呼び寄せたと、あるいは炎竜の怒りを買ってしまったのではないかと考える者まで現れ始めた。

パニックが更なるパニックを呼び、喧噪のなか怒号が無数に飛び交う。

我先にと誰もが逃げ出そうとするのだが、まともな避難誘導もなくこれほどの人数が逃げられるわけがない。

全員が好き勝手な方向へ走りだそうとしてはぶつかり合い、人の津波となって押し寄せる。

その動きは、壇上にいたソータをもあっさりと飲み込んだ。

「わわわわっ⁉」

「ソータ⁉」

いくら神獣と対話出来ると言ったところで、ソータの体は所詮三歳児のそれだ。人ごみに押しつぶされれば、いとも簡単に命を落としてしまうだろう。

それが分かるからこそ、サリルは焦りのままに人ごみの中へと飛び込んだ。

「くそっ……ソータ、どこだ‼」

必死に声を張り上げても、人々の悲鳴にあっさりとかき消されてしまう。

ソータが姿を消した辺りに何とか進もうと手足を動かすが、思うように進まない。

この辺りにいるはずだ、という地点に苦労して辿り着いても、人が多すぎて全くソータを見付けられなかった。

「ソータ……!!」

胸を焼く焦燥が、どんどん大きくなっていく。

もはやこれまでかと諦めかけ、顔を俯かせたその瞬間。足元から、モフモフとした感触が伝わって来た。

まさかと目を開けたサリルは、そこにいた小さな存在に目を剥いた。

「シロ!? お前、よくこの状況で無事に……」

「………」

ソータよりもよほど小さい体で、当たり前のようにそこにいる白ウサギは、まるで彼を導こうとするかのように何度も足を叩く。

言葉は通じずとも、それだけでシロが何を言いたいのかすぐに分かった。

「頼む、俺をソータのところへ連れて行ってくれ!」

「………」

シロが叩く足の位置を頼りに人ごみをかき分け、少しずつ前に進む。

少しずつ、少しずつ……やがて、足元に蹲《うずくま》る小さな影を見て取るや、サリルは勢いよく手を伸ばした。

「ソータ!!」

「さりる……!!」

やっとの思いで掴めた小さな手を引っ張り上げ、抱き締める。

その小さな体が確かに生きていると分かり、サリルは心底ホッとした。

「良かった、よく無事で……怪我はないか？」

「だいじょーぶ、ゆいが、まもってくれてた」

見れば、サリルの腰に小さな獣人娘がしがみついて来るところだった。

「────」

何を言っているか、サリルにはさっぱり分からないが……「私はソータのお姉さんだ」と、ドヤ顔で威張りたがっていることだけは分かった。

いくら小さくとも、そこは獣人。人波に押し潰されても平気だったということか。

「ユイも大手柄だな、よくやった。しかし、どうするか……」

何とかこうして集まることは出来たが、状況は逼迫《ひっぱく》したままだ。

炎竜──フレアが何をしにこんなところまで来たのかは分からないが、広場のパニック状態は全く収まる気配も見えず、衛兵や騎士が続々と集まってきている。

このままでは、フレアと伯爵領軍との全面衝突は免れないだろう。

「だいじょーぶ、まだなんとかなゆ」

しかし、そんな状況にあってなお、ソータはどこまでも前向きに、楽観的とさえ言える言葉で周囲を励ます。

一体どうするつもりなのかと、疑問にこそ思うが……サリル自身、その結果については何の疑いも抱いていない自分に気が付き、思わず苦笑する。

「おりぇに、かんがえがあゆ!!」

ソータに任せておけば、きっと全て上手くいく。

そんな全幅の信頼を寄せる自分に、サリルはどこか心地好さすら覚えるのだった。

*

大空から地上を睥睨《へいげい》する炎竜の威容。パニックになり、逃げ惑う民衆。

その只中で、バクゼル・セントラルは絶望に沈んでいた。

「も、もう終わりだ……」

一体どこで間違ったのだろうかと、バクゼルは自らの行いを振り返る。

自分が決して優秀でないことは、最初から分かっていた。名君の器ではないことも。

だが、名君ではないなりに、上手くやって来たつもりだった。

民の不満が溜まらないように、無理な発展よりも現状維持を選び、次代に繋ぐ堅実な統治。

見た目のせいで悪徳領主のようだとからかわれることもあったが、それを笑い飛ばせる程度には民の信任を得ている自負もあった。

それが、気付けばこの有様だ。

生涯最高の晴れ舞台だと思っていた調印式はぶち壊しとなり、炎竜の襲来で町はめちゃくちゃ。仮に何の被害もなく炎竜が去って行ったとしても、あんな恐ろしい化け物が訪れた土地など、誰が好き好んで住もうと思うのか。誰が物資を運んで商いを展開しようと思うのか。

最悪の場合、セントラル伯爵領そのものが大きく衰退し、人の寄り付かない廃墟となってしまう恐れすらあった。

我が身の不幸を呪い、悲嘆に暮れて空を仰いだバクゼルは……思わぬ存在を目にした。

「……なんだ、あれは？」

それに気付いたのは、バクゼルだけではなかった。

あまりのパニックに逃げることすら諦め、転んだまま起き上がれなくなってしまった人々もまた、空に浮かぶ奇妙なそれを目にし、徐々に声を上げていく。

「子供……？」

「さっきの、アリアケ村の村長じゃないか……？」

「なんで、空に……？」

アリアケ村代表、ソータ。僅か三歳の幼い子供が、空に浮かんで民衆を見下ろしているのだ。

死鳥トゥーリに持ち上げられ、堂々と浮かぶその姿に、人々は炎竜の恐怖も忘れてしばし目を奪われる。

そこへ、ソータはどこからか取り出した拡声の魔道具を使い、声を張り上げた。

「みなしゃん、おちついてくらしゃい!!」

拙い言葉遣いが大声のせいで更に乱れ、まき散らされたハウリングが、まだその存在に気付いていなかった人々にまで響き、否が応でも民衆全ての耳目を一点に集中させる。

「えんりゅーは、おれの、ともだちでしゅ。はなしてくゆので、みなしゃんは、おちちゅいて、まっててくらしゃい」

「「「は……？」」」

ソータの発言の意味を、誰も理解出来なかった。

炎竜と、友達？　国を滅ぼした伝説の神獣と？

そんなことを考えたのは、何も民衆だけではない。

隣に立つバクゼルもまた、寝耳に水の言葉に目玉が飛び出さんばかりに驚いていた。

(友達？　炎竜と友達と言ったか⁉　ブリッグス山脈にいるはずの炎竜がここまで来たというだけでも大問題だというのに、よりによってその炎竜が、アリアケ村と友好を結んでいると⁉)

死鳥、天猫だけでもお腹いっぱいだったところに、更に有名な炎竜という爆弾まで投げ込まれ、頭が真っ白になるバクゼル。

だが、事態は彼が再起動するのを待ってはくれず、ソータは死鳥に運ばれ移動を始めた。

「おーい、ふれあー、こっち、こっちー」

空に向かって手を振りながら、親し気に呼びかけるソータ。

あまりにも気の抜けたその態度に毒気を抜かれ、パニックなどすっかり忘れた民衆は、どうするべきか迷った末……好奇心のままに、ソータについて町の外へと向かい始めた。

そんな、一種異様な空気の中で、炎竜が舞い降りる。

その威風堂々たる姿に誰もが畏敬の念を抱きながら一部始終をその目に焼き付けようとしていると……炎竜が、怒りの咆哮を上げた。

「ひぃ⁉　やっぱりダメなのか⁉」

何とか門の近くまでやって来たバクゼルは、ぞろぞろと集まった民衆と共に身を震わせる。

だが、続けてソータの口から飛び出した言葉に、誰もが疑問符を浮かべた。

「……え、くっきーが、われた？　だから、どーしよーって？」

「グオォォォ‼　グオォォォォ‼」

クッキー？　クッキーってなんだ？

誰か説明してくれと思うバクゼルだったが、今はそれどころではない。

炎竜が、まるでその怒りを表すかのように地面を踏みつけ、地響きが鳴る。古い家屋が崩れそうになり、大地が割れる。

誰もが身を寄せあい、中には泣きながら神へと許しを乞う者まで現れ始めた。

世界の終わりを前にしたかのような状況下で、それでもニコニコと笑いながら炎竜と対峙しているソータの姿は、民衆にある種の畏れと同時に——崇拝の念すら抱かせる。

それはさながら、新たな英雄の誕生を目の当たりにしたかのように。

「だいじょーぶ、ゆいに、また、つくってもらお。だから、おちついて。ね？」

「グオォォォ……」

ソータが会話するごとに、炎竜がその怒りを鎮め、落ち着きを取り戻していく——ように見える。

信じられない光景に、誰もが口を閉ざしたまま呆然とそれを見つめていた。

「いい？　こんなふうに、きゅうにきたら、みんなびっくりしちゃうから、もうやっちゃやだめだよ？」

「グオォォォ……」

炎竜が、まるで反省するかのように頭《こうべ》を垂れ、翼を畳む。

先ほどまでとは打って変わって静まり返った町に、ソータの声だけがのんびりと響いた。

「おれたちも、ようじがすんだら、すぐにもどりゅから。ふれあは、さきにむらにもどって。また、あとでね」

「グオォォォ!!」

炎竜が翼を広げ、町から離れていく。

どんどん小さくなっていくその背中に、ソータがひらひらと手を振っている姿に——民衆は、ドッと沸き上がった。

「すげえ!!　本当に、炎竜を言葉だけで説得してみせたぞ!!」

「奇跡じゃ……奇跡の力じゃあ……!!」

「神獣の加護を受けた村って、本当だったのね……!!」

「神獣を従える英雄が治める村……そんなのが、本当にこれからセントラル領と交易してくれるのか！」

「すげえ、もう俺達の将来は安泰だ!!　英雄と友誼《ゆうぎ》を結んだ伯爵様、万歳!!」

「バンザーーイ!!」

てんやわんやと、大騒ぎになる民衆。

そんな中、バクゼルだけは素直に喜べない事実に気が付いていた。

(アリアケ村と交易し、その独立を承認するだけなら、この調印書を国王陛下に提出すれば良かった。だが、これはどうすればいいのだ？)

炎竜の襲来と、その撃退。どう足掻いても、報告しなければならない異常事態である。これを遅らせると、国防の危機を黙って見過ごした反逆者と見なされかねない。

だが……僅か三歳そこそこの子供が、怒れる災厄として知られる炎竜を会話で宥めて追い返したなど、一体誰が信じるというのか。

そして、もし仮に信じられてしまえばそれはそれで問題だ。

神獣の加護を受けた村、というだけなら〝そういうこと〟になっているのだという言い訳も出来るが、本物の神獣と友誼を結び、その力で発展した村など、王家だって繋がりを持ちたいに決まっている。いや、王家だけではない、公爵家を始めとした上級貴族達が、こぞって自陣営に加えるために動き出すだろう。何なら、近隣の他国とて黙っていない。

そんな王侯貴族達の思惑から村を守り、関係を維持するのが、これからのバクゼルの役目ということになる。出来るかどうかはともかく。

「どうすればいいのだ、私は……!?」

あまりにも悩ましい大問題に、バクゼルは頭を抱えてその場に蹲る。

そんな彼の肩に、いつの間にか近くへ来ていたサリルがポン、と手を置いた。

「伯爵様、元気を出してください」

「……サリル殿……」

「そのうち慣れます」

「嫌だぁぁぁ!!」

ぐっ、と親指を立てて励ます（?）サリルの言葉に、バクゼルは絶叫した。

後に〝炎竜の襲来で唯一何の被害も受けなかった町〟として語り継がれることになるセントラル伯爵領と、その当主バクゼルの受難の日々は、まだ始まったばかりである。

エピローグ

『ふおぉぉぉぉ!!　直ったぁぁぁぁ!!』

『直ったというより、作り直して貰ったという方が正しいが……ちゃんとお礼は言いなよ、フレア。散々迷惑をかけたんだから』

『うむ、あの時はすまなかったな、ソータよ。それにユイ、新しいクッキーを作ってくれたこと、感謝する!!　ウオォォォォ!!』

『嬉しいのは分かったから、炎を吐くんじゃない。森が燃えるだろう』

　調印式から数日後、俺達はアリアケ村に戻って来た。それで真っ先にやったのが、フレアが泣いていた原因……割れたフレア似のクッキーの修復もとい、作り直しだった。

　まあ、作ったのはユイだから、俺は何もしてないんだけど。

「しかしまあ、上手く行って良かったな、ソータ」

「うん、そーだね」

　思わぬトラブルはあったけど、伯爵との調印式は最後まで無事に終わったし、互いの交易や交流に関しても色々と取り決めを交わすことが出来た。

まず大前提だけど、言葉も通じない動物や魔物、神獣、獣人までいるこの村と、一般人が交流するのはまだ難しい。なので、しばらくは代表者や、正式に御用商人となったガードンを介した交流になりそうだ。

まだまだ、これからだな。

「けど、めでたいのはたしかだから……さりるも、きょうはたのしんで」

「ああ、ありがとうな、ソータ」

とはいえ、アリアケ村が正式に人の社会に認められたのは確かだ。そこで……今日は、村をあげてのお祭りを開催することにした。

神獣達も、白猫の里の獣人達も、ウサギやゴブリン達も、みんな集めてのどんちゃん騒ぎ。

言葉は通じないから、基本的にはただの食事会みたいなものだけどね。料理を作るのには、ユイがめちゃくちゃ活躍してくれた。それから、ハクの家を作ってくれていた、力持ちの獣人の男達も。

家が完成して、ようやく獣人達の力を借りなくても普通に暮らせる環境が手に入ったからな、手が空いた人達が作るのを手伝ってくれたんだ。

大勢の力を借りて作った料理の下へ、サリルを連れていく。

屋外に用意された木製のテーブル。その上にあるのは、アリアケ村産のイチゴと、白猫の里の砂糖。それに、セントラル領から取り寄せたミルクを素にクリームを自作して用意した、巨大ショートケーキだ。

本当に一からケーキを作った経験なんてほとんどなかったから、ちゃんと出来るか不安だったけど……結構、上手く出来たんじゃないかな？　この辺りは、前にユイとクッキーを一から作った経験も活きてる。

そうして出来上がったケーキの大きさと出来栄えに、サリルは目を丸くした。

「凄いな、これもソータのアイデアか？」

「うん。おれは、やってもらっただけ、だけどね」

ケーキを見上げ、思い返すのは前の世界のこと。ばあちゃんと交わした、最後の約束だ。

今日は誕生日でも何でもない。そもそも、世界を渡っているのに日付なんて分かるわけないし、実のところ、世界一のケーキがどれくらいの大きさなのか、俺自身よく知らない。

それでも……こうして巨大ケーキが完成したのを見ていると、心残りが一つ減ってすっきりしたような、そんな気分になる。

「ソータ、どうした？」

「……なんでもない！　ほら、さりるも、たべて」

「……ああ、頂くよ」

俺の様子がおかしいことはバレてるだろうけど、サリルも深くは聞いてこなかった。正直、ありがたい。

何事もなかったかのように、サリルはフォークで切り分けたケーキを一つ口に運び……途端に、表情を綻ばせていく。

そんな姿をにこにこと眺めていると、それに気付いたサリルが少し照れ臭そうに口を尖らせる。

「何見てるんだ、お前も食べろ」

「むぐっ」

口の中に突っ込まれたスポンジの柔らかさと、クリームの甘さ。更に、アリアケ村特産のイチゴが持つ仄《ほの》かな酸味も加わって、本当に全身が幸せに包まれるような美味しさだ。

「んふふ、おいしい。そのうち、これも……ぜんぶ、むらだけでつくりたい」

「村だけで？」

「うん。いまだと、まだほとんどゆにゅーひんだから」

このケーキを作るための材料で、アリアケ村から出ているのはイチゴと砂糖だけだ。クリームを作るためのミルク、小麦粉、それに卵も、ほとんどがセントラル領に頼ってる。

もちろん、交易を目的にしてるんだから、何でもかんでも自給自足をする必要はないんだけど……流石に品目が少なすぎるんだよな。

それに、セントラル領のメイン品目も穀物だから、牛乳や卵はあまり多く手に入らないみたいだし。このケーキも、次はいつ作れるか分からない。

「まだまだ、やりたいこと、いっぱい」

次の目標を思い、鼻歌交じりにケーキにかぶりついていると、サリルにぽんぽんと頭を撫でられた。

急にどうしたのかと顔を上げた俺を、サリルはどこか楽しげな表情で眺めている。

「……?」

「いや、ソータと一緒なら、当分は退屈しなさそうだと思ってな。これからも頼むぞ、相棒」

「……うん、よろしく?」

なんだかよく分からないけど、これからもアリアケ村にいてくれるっていうなら助かる。

魔道具についてもそうだし、人の文化圏に関する知識も、交渉も、サリルがいないとどうしようもないことが多いからな。代わりがいない。

そんな、俺にとっては当たり前の認識を改めて共有していると……賑やかな声が、もう一人割り込んできた。

「ソータ様～!」

「ゆい。わわっ」

どこからともなくやって来たユイが、これ以上ないくらい瞳を輝かせながら俺を抱き締める。

ちょっ、やめて、苦しい。

「何ですかこの〝けーき〟という食べ物は。天国ですか？　これが天国の味ですか？　もっと食べたいです、毎日作ってください‼」

「ま、まいにちは、まだむり、かな……」

「そ、そんなぁ……」

抱き潰されたかと思えば、次はガックガックと肩を揺さぶられ、ユイの絶望顔と共に解放される。

きゅー、と目を回した俺をサリルがそっと支えてくれたのを感じていると、ユイの後を追うように白猫の里の長老……フガンさんがやって来た。

「これユイ、ソータ殿になんという失礼な！　すみませぬ、ソータ殿、うちの孫娘がいつもご迷惑を」

「い、いえ、だいじょーぶ、でしゅ」

最近は完成しつつあったハクの家に定住し始めたり、セントラルの町に行ったりと色々あったから、フガンさんと顔を合わせるのも久しぶりな気がする。

もう少しちゃんと話すようにしないとな……と心の中で反省していると、フガンさんは唐突に頭を下げ始めた。

「改めて、我ら白猫の民を受け入れてくださったこと、感謝しておりますじゃ。ソータ殿の御恩に報いるため、我らは粉骨砕身の覚悟で……」

「いあ、そこまで、しなくていいよ。おたがい、もちちゅもたれちゅ」

ハクと引き合わせたことを言っているのだろうが、それを言うなら俺だって、白猫の獣人達には色々と力を貸して貰ったし、感謝している。

そう思ったんだが、フガンさんとしてはそれでは足りないらしい。

「天猫様の加護がなければ、我らは今年の冬を乗り越えることが出来ず、命を落とす者も多くおったでしょう。その心配が全くなくなり、これほどまでに生き生きと皆が美食に舌鼓を打てるようになったのは、ソータ殿の導きがあったからこそ。この恩は、多少のことで返し切れるなどとは思っておりませぬ。つきましては、これからも……」

「おじい様、長いです。そんなに話してたら、ソータ様が退屈でお昼寝しちゃいますよ」

「む、むぅ」

いつまでも続きそうだったフガンさんの独り語りを、ユイがバッサリ切り捨てた……のはいいんだけど、お昼寝ってなんだお昼寝って。俺は人の話の途中で寝るほど子供じゃないぞ。

「ソータ様、ありがとうございました。これからもよろしくお願いしますね」

「うん、おれからも、ありあと。よろしくね、ゆい」

簡潔なユイの感謝の言葉に、俺からも同じ言葉を返す。

その短いやり取りの後、ユイがフガンさんに「これでいいんですよ、後は余計です」なんて説教している光景は、なんだかいつもと立場が逆転したみたいで見ていて面白い。

『楽しんでいるようだな、ソータ』

『…………』

「あ、はく。それにしろも」

するととんど今度は、ハクがすぐ近くまで来て、声をかけてくれた。

ウサギのシロがぴょんと飛び掛かって来たのを受け止めていると、ハクはすぐ傍で体を伏せ、俺と視線を合わせる。

「めずらしいね、はくが、みんなのところにいるの」

ハクはのんびり屋で、基本的にはいつも昼寝をしている。

家が完成してからもずっと中に籠っていたから、実は一人の方が好きなのかと思ってたんだけど……そんな俺の考えを聞いて、ハクは苦笑した。

『否定はせんが、たまにはこういうのも悪くはない。それに、ソータには改めて礼を言わねばとも思っていた』

「え、はくも？」

今日はなんだかよくお礼をされる日だなぁ、と思いながら、俺は意外過ぎて目を瞬かせる。

他のみんなはギリギリ分からなくもないが、ハクに感謝されるようなことは何かあったっけ？　本当に心当たりがない。

「おこしたことなら、やったのはさりるだよ？」

『起こして貰ったこともそうだが……私が礼を言いたいのは、トゥーリやフレアのことだ』

「どーゆーこと？」

『トゥーリも、フレアも、あれでかなり寂しがり屋だ。トゥーリが食事に興味を示したのは、他の生物と同じことをして少しでも近付くためだったし……フレアが光り物を好いているのは、光り物に映る自分の姿を見て、孤独を紛らわせていたからだ。奴らに自覚があるかは知らんがな』

「そーなの？」

言われてみれば、トゥーリは食べるのが好きって言いつつも、ユイほど執着している様子もなければ、俺が誘った時くらいしか食べに来ない。

フレアも、元々は光り物がダメになるのを防ぎたいって理由でここに引っ越してきたはずなのに、せっかく作った倉庫は全く使う様子がないし……ハクの言う通り、それそのものには実はあんまり意味がなかったんだろうか。

『だから、こうしてお前が間に立つことで、様々な種族と生活を共にしていられる時間は、あやつらにとってこの上ない救いとなっているだろう。古き友の一人として、礼を言わせてくれ。ありがとう』

「ん……どーいたしまして」

いつになくしんみりした態度でそう言われてしまうと、お礼の言葉も素直に受け取る他ない。

どうにも気恥ずかしい気持ちのまま、俺はふと気になったことを尋ねる。

「じゃあ、はくは？　はくは、おれとあえて、よかった？」

トゥーリやフレアがそうだとして、ならばハク自身はどうなのか。

そんな俺の問いかけに、ハクはフッと笑みを溢した。

『私も、奴らと同じ神獣だということだ。……この賑やかな場所で眠るのは、私にとっても悪い気持ちではない』

「そっか」

遠回しな言い方だけど、どうやら気に入ってくれているらしい。

嬉しくニコニコと微笑むと、ハクは照れたかのようにそっぽを向いた。ちょっと可愛い。

『…………』

「え？　しろも、おれとあえてうれし？　ありあと、しろ」

それまで黙って……というか、基本的に鳴き声もほとんどあげないシロだけど、ハクに負けじと俺に体を擦り寄せて、喜びの感情をアピールしてきた。

なでなでとシロをあやしながら、まったりとした時間を過ごしていると……最後の最後に、ゴブリンのボス、キングの声が聞こえて来た。

『ソータ!!　助けてくれ!!』

「え、きんぐ、どーしたの？」

慌てて駆け寄って来たキングに事情を尋ねると、彼は至極真面目な顔で言い放った。

『我が配下のゴブリン達が、ウサギ達とイチゴの取り合いになって大喧嘩を……なまじ言葉が通じないので、仲裁も難しいんだ。来てくれないだろうか？』

「………」

うん、思ったよりも大分しょーもない話だったけど、言葉が通じないとしょーもない理由ですら分かり合うことは難しいから、無理はないか。

俺はつい苦笑を浮かべながら、キングに促されるまま立ち上がる。

「けんかしてるの、どこにいりゅ？　すぐいくよ」

『こちらです』

キングの先導で走りながら、俺は思った。

色んな種族が集まって出来たこの村では、きっとこれからもしょーもない問題から大きな問題まで、色んなことが起きるだろう。

けれど、そんなアリアケ村の在り方に賛同して、付いてきてくれる人達がたくさんいる。

なら、みんなを失望させないように——俺ももっと、頑張らないとな。

「こりゃーー!!　みんな、なかよく！　けんか、しないの!!」

目の前の喧嘩を仲裁するため、拙い声を張り上げながら。

そんな決意を、改めて胸に刻むのだった。

番外編　トゥーリのソータ観察日記　その1

僕の名はトゥーリ。神獣の一角であり、死を運ぶ凶鳥、〝死鳥〟なんて呼び方をされることもある。

そんな僕の仕事は、死した魂を次なる世界へと運ぶこと。いわば、輪廻転生の担い手だ。

どうしてそんなことをするのかといえば、死して無防備になった魂を異世界へと運び出すと、魂が消滅を避けるために蓄積された〝時〟の力を放出する。これが、僕にとって唯一無二の栄養源になるんだ。

生きていくために必要なこと。そういう役目を与えられて生を享《う》けた。

けれど、そんな僕の力は必ずしも良いことばかりじゃない。〝時〟の力を残したまま異世界へ渡った魂は、〝転生者〟となってその世界を良くも悪くも変えてしまう。その意味では、僕に付けられた〝死鳥〟の名も、あながち間違いじゃないと自分でも思っている。

だからというべきか……僕はこれまで、あまり一人の人間に深く関わることはなかった。

ソータに出会うまでは。

『ハクを起こしてもらった後は、適当に人里まで案内してあげようと思っていたんだけど……まさか、森の中で暮らそうとするとは思わなかったな』

突然現れた、どこの誰とも知れない人間を受け入れられるわけがない、というソータの考えを聞かされて、そういうものだろうかと半信半疑だった。

少なくとも、以前同じようなことがあった時は、それで上手くいったんだけど。

『まあ……結果として、それで良かったのかもしれないね』

神獣というのは、みんなちょっとしたことですぐに周囲へ災厄を振り撒いてしまう。

寝坊しただけで森を砂漠に変えそうになるハクもそうだし、少し散歩しただけで周囲が焼け野原になり国が滅びさえするフレアもそうだ。僕だって人の事は言えない。

そんな僕らが、曲がりなりにも共同体の一員として穏やかな日々を過ごせているのは、ソータのお陰なんだから。

「ふおぉぉ……!!」

そんなソータは今、僕の前で必死に背伸びしながら手を伸ばし、ぷるぷると震えている。

ソータがやっているのは、アリアケ村で作られたイチゴの収穫作業だ。

とはいえ、ハクの力で普通のものより遥かに旺盛な生命力を誇るアリアケ村のイチゴは、体の小さなソータが収穫するには少々高い位置にまで蔦《つた》を伸ばしているし、何より数が多い。

誰かに手伝って貰えばいいのに……と思うけれど、ソータはこういう時、可能な限り自分の力で何とかしようとする癖がある。

手を貸してあげようかとも思ったけど、ここは少し様子を見てみよう。多分だけど、すぐに動きがあるだろうから。

案の定、ソータの様子を見にやって来たのはサリルだった。

「あ、さりる」

ソータが森暮らしを決めた一つの要因でもあるこの男は、魔物学者として神獣を調べるためという名目でここにいるらしい。

そう、あくまで〝名目〟だ。確かにソータがいれば神獣の研究が捗《はかど》るかもしれないが、わざわざこの森で寝泊まりして、ソータの世話を焼きながら過ごす必要はない。

でも、サリルはそうすることを選んだ。彼の言葉は僕には分からないが、気持ちは分かる。

ソータには、不思議な魅力があるからね。

そして、そんなサリルのお節介と好奇心が生んだ研究成果のお陰で、ハクもフレアも自分の力の影響を気にすることなく、アリアケ村で穏やかに過ごすことが出来ている。

……さっきは名目と言ったけれど、まさかただの人間が本当に神獣の力を解析出来るなんて思わなかったし、同じ神獣の力を利用する形とはいえ、無害化に成功するなんて全くの予想外だったよ。

ソータが言うには、サリルは親の肩書きによって色眼鏡で見られるのが嫌で家出してきたという話だったんだが……親なんて関係なく、彼の頭脳はとんでもないレベルの高さだと思うんだ。何せ、僕らの力を解析しようとした人間は他にもたくさんいたが、ここまで出来たのは今までただの一人としていなかったんだから。

ぶっちゃけ、数千年に一度の逸材だと思う。本人にはあまりその自覚はなさそうだけど。

「いちご、いっぱいだかりゃ、とっとこーかなって。ゆい、じゃむほしーだろーし」

「――――」

「あはは、ゆいはこどもだから、いっぱいたべりゅのは、いーこと」

そんなサリルは今、ソータの言葉を聞いて思い切り呆れていた。多分だけど、白猫獣人のユイは食いしん坊だから、作り置きのジャムを全て食べてしまったんだろうね。

天猫を崇める獣人一族の巫女である彼女は、ソータとの出会いからして食い意地が張ってお供え物を食べてしまったことがきっかけだそうだから、かなりの筋金入りだよ。

とはいえ、それも仕方ないのかもしれない。

アリアケ村の特産品、ハクの力を受けて育ったイチゴを使って作るイチゴジャム。獣人も人間も関係なく、誰をも虜にする魅惑の食べ物だ。ユイでなくとも、目の前にあれば食べてしまうだろう。

「わわっ、さりる、じぶんで、とれりゅって！」

「――――」

そんなジャムの材料を採ろうとしているソータを手伝うべく、サリルがソータを抱き上げている。

自分で採るのではなく、ソータに採らせてあげようとするサリルの行動に、当のソータは子供扱いするなと不満顔。けれど、サリルはそんなソータの反応を益々微笑まし気に見つめるばかりで、降ろそうとはしない。

ソータも、これ以上言っても無駄だと思ったんだろう、素直に抱っこされたまま、イチゴの収穫を再開した。

不満そうに頬を膨らませていたというのに、時間が経てばそれにも慣れて来たのか、段々と楽しげな笑顔を見せるようになってきたのは、素直じゃないというべきなのか。

『…………』

「あ、しろ。もってってくれりゅの？　ありあと」

そうして収穫されたイチゴは、普段から畑の管理をしている白ウサギ達が運び出していた。

獣人達の誰かが作ったのか、ウサギの体格に合わせた小さな荷車を牽《ひ》いてやってきたウサギが、イチゴを載せて戻っていく。

……考えてみれば、このウサギ達の存在も大概おかしい。

ハクの近くで暮らすようになった影響で体毛が変化し、知能が向上したんじゃないかとサリルは考察しているようだが、このウサギ達は元々ハクの縄張り近くで生活していたはずなんだ。

それが、ソータの部下になった途端にごく短期間でこの急激な変化を見せている。

恐らくなんだが……これは、ハク自身の認識が関わっているように思う。

ソータがウサギ達を仲間と認めたことで、ハク自身もウサギ達を仲間だと認識し、その力がより色濃く影響を与えたんだろう。

つまりはそれだけ、ハクの中でソータの存在が大きなものになっているってことだ。ハク自身は、そんなこと全くの無自覚だろうけどね。

あのいつも寝てばかりのぐうたら猫が、これだけ一個人に仲間意識を芽生えさせるなんてすごいことだよ。本当に、ソータは不思議な子だ。

「──」

「んん、わかった！　じゃー、そろそろ、じゃむつくろ！」

少しばかり感慨に耽っていると、サリルの一声でソータは収穫作業を中断し、畑を後にする。

手を繋いで歩く二人は兄弟のようで、見ていて微笑ましい。

そんな二人が、シロ達の運んだイチゴを持って厨房へ向かうと、途中でそれをユイに発見されていた。

「──」

「じゃむ、たべたいのはゆいでしょ！　もう」

ユイの言葉は分からないが、ソータの反応とユイの得意気な表情を見るに、ソータが自分用のジャムをこっそり作ろうとしているとでも指摘したんだろう。

ユイは食いしん坊だが、それ以上にソータに対してお姉さん風を吹かせたがっているところがあるし……何より、アリアケ村で一番考えていることがよく顔に出る。

仕方ないから手伝ってあげましょう……なんて言いながら、味見と称してジャムを食べたがっていることが手に取るように察せられるユイの姿に、僕と同じくユイの言葉が分からないはずのサリルでさえ、しょうがない子だとばかりに苦笑を浮かべていた。

「それじゃー、さんにんでつくろっか！　せっかくだし、みんなのぶんも！」

ソータの号令で、三人でのジャム作りが始まった。その様子を、僕は厨房近くの木の上からゆっくりと眺める。

ユイの普段の言動はお姉さん〝風〟だが、料理をしている時だけはちゃんとお姉さんになっていた。危なっかしいソータをフォローし、サリルにも指示を出しながらジャムを作る姿は、とてもジャム作りと聞いて今にも涎を垂らしそうだった女の子と同一人物とは思えない。

せっかく作るのならと、クッキーも合わせてジャムクッキーにし、今もアリアケ村の拡張のため働いている獣人やゴブリン達への差し入れにするようだ。

やがて出来上がったそれをバスケットに入れ、三人で村を回る。小さなゴブリンから、屈強な獣人、そして白ウサギ達にもジャムの差し入れをし、交流を図っていく。特にフレアなどは大喜びで、空に向かって炎を噴いて喜びを露わにしている。危ないからやめなさい。

言葉が通じないはずの者達が、こうしてソータを介し、ジャムクッキーという共通の好物をきっかけに関わり合う姿は、何度見ても不思議で温かい光景だ。願わくば、この温かさがずっと続けばいいと思う。

――もう、〝あんな悲劇〟が起こるところは見たくないからね。

『トゥーリ、こんなところで何をしている？』

『ん？　ああ、ハクか。いや、ちょっとソータ達を見ていただけだよ』

少し遠い目をしながらソータの様子を眺めていた僕に、ハクが話しかけて来た。

いつもは昼寝している時間なのに珍しい、と思っていると、ハク自身自覚があるのか、聞くまでもなく自分から理由を語る。

『寝坊して迷惑をかけたばかりだからな、特にやることがなくとも、こうして時折起きて散歩することにしたのだ』

『それはいいことだね。ソータ達がいるとはいえ、自分で起きるに越したことはない』

『うむ。だが、私のことよりも今はお前だ、トゥーリ。また昔のことを思い出していたのか？』

……寝坊助の癖に、そういうところだけは変に鋭いね、ハクは。

以前までなら、適当に誤魔化して話を終えるところなんだけど……今は不思議とそんな気分になれず、素直に内心を吐露していた。

『ああ、思い出していたよ。ソータを見ていると、どうしてもね』

『……前にも言ったが、悪いのはお前ではない、人間の方だろう。あまり気に病むな』

『そういうわけにはいかないさ。僕らの力は一歩間違えば国を滅ぼす、フレアもそうだったろう？　特に僕の場合、〝運んだ後〟のことにはあまり干渉出来ないから、余計に気を付けないと』

魂を運び、世界を渡る僕の力は、時に危険な〝劇物〟を世界の壁を越えて運んでしまうことがある。

この世界に伝わる〝死鳥〟の逸話も、かつて僕の力が原因で滅びた王家の生き残りが、僕の危険性を説くために遺したものだ。他ならぬ僕自身のためにも、それを戒めとして語り継がなければならない。

『だから、あまり気に病むなと言っている』

『おおっと!?　何するんだいハク、危ないじゃないか』

突然ハクが僕の止まっていた木の幹を叩いて大きく揺らしたせいで、危うく滑り落ちるところだった。

そんな抗議の声を無視して、ハクはゆっくりと語り出した。

『確かに私達の力は危険だ、その自覚を失うのは良くないだろう。だが、だからと言って気負い過ぎて全てを遠ざけてしまえば、得られるはずの幸福まで逃してしまうぞ。それは、あまりあるまい？』

にもったいないだろう。それに……心配するな、ソータは、お前が心配するほど柔《やわ》な子では

『……そうだね』

ただ、誰とでも会話出来るだけ。そんな些細な力一つで、自分よりも遥かに強大な力を持った存在とも臆せず対話し、友好を結ぶことの出来たソータなら、僕が心配するまでもなくこの世界に良い影響を及ぼし続けるだろう。

今はそう信じて、ただその行く末を見守るのが僕の役目だ。

「あ、とーり、はく！　ふたりも、たべゆ？」

そうしてハクと話し込んでいると、僕らに気付いたソータが大きく手を振りながら話しかけて来た。

傍観者を気取っていたけど、せっかくのお誘いだ。僕も参加するとしよう。

『うん、それじゃあ、僕もいただこうかな。ハクもどうだい？』

『そうだな、私もたまには皆と食事というのも悪くない』

ハクと一緒に、ソータを中心に広がる輪の中へと飛び込み、みんなでクッキーを齧る。

穏やかで平和なアリアケ村の一日は、こうして今日も過ぎ去っていった。

あとがき

「時代はショタですよ、ジャジャ丸先生!!」

さて、初めましての方は初めまして、ジャジャ丸です。今回、GCノベルズさんから出版する二作品目ということで、編集のNさんとは何度も打ち合わせを重ねたのですが、その中で何度も熱弁されたのがこのフレーズでした。

私のこれまでの作品を知っている方であればご存じの通り、私は可愛らしいキャラを書くのが好きなので、可愛さを押し出したショタならばさほど抵抗もなく書けるだろうと、トントン拍子で企画が纏まっていったのです。

はい、ここまでは問題ありませんでした。一番苦戦したのは、一切のバトル要素を入れないでとことんまでスローライフに振り切った作品にしようという点です。

私がこれまで書いてきた作品は、可愛さを前面に出しつつも根本的にはバトルファンタジーであることがほとんどで、バトルなしで最後まで突き進もうと考えると全く未知の領域でした。

Ｗｅｂのように読者の反応を見ながら書くことも出来ない書き下ろし作品で、未経験の完全スローライフ作品を果たして上手く書けるのかと、最後の最後まで不安だったのですが……幸い、作家仲間からのアドバイスや編集さんのサポートもあり、とても楽しくほっこりする物語に仕上がりました。

私にとって夢の始まりであり憧れの舞台でもあるＧＣノベルズさんから満を持して発売された今作、楽しんで頂けたのでしたら幸いです。

ここからは謝辞です。

今作を書き上げるに当たって何度も打ち合わせしてくださった担当のＮさん、ありがとうございます。お陰でこうして無事新作を世に送り出すことが出来ました。

イラストレーターの.sukeさん、素敵なイラストありがとうございます。それから、原稿を読んでとても楽しんで頂けたと聞き、初めての試みだらけで不安いっぱいだった私にとってとても励みになりました。

また、この作品を出版するに当たって協力してくださったＧＣノベルズ編集部のみなさんも、本当に本当にありがとうございます。

この本を手に取って頂いた読者の皆様も、次巻ももっと良い作品を書き上げられるように頑張りますので、これからもよろしくお願いします！

あとがき

大きな猫って、それだけでロマンですよね。
虎やライオンとはまた違った魅力があると思います。
現実の世界にも、ハクのような神獣がいたら
もふもふ天国で最高なのではないでしょうか…？
ビジュアルからの癒しだけでなく、天候を操れるという点も魅力的です。
何せイラストレーターという生き物は気圧の変化にめっぽう弱いので、
ハクがいてくれたらその辺の問題も一気に解決すると思うんですよ。
雨もたまに降るくらいに調整いただいて…と思わず都合の良い想像を
してしまうくらい、本作の世界観にハマっております。
こんなに楽しい作品に出合えたこと、作品に携われたこと、
読者様に物語と一緒にイラストを見てもらえることが私の幸せです。
多くの方々に、この作品を愛していただけると嬉しいです。

GC NOVELS

ちびころ転生者《てんせいしゃ》のモフモフ森《もり》暮《ぐ》らし
1

2024年7月6日　初版発行

著者
ジャジャ丸《まる》

イラスト
.suke《すけ》

発行人
子安喜美子

編集
並木愼一郎

装丁
横尾清隆

印刷所
株式会社平河工業社

発行
株式会社マイクロマガジン社
〒104-0041　東京都中央区新富1-3-7　ヨドコウビル
[販売部]TEL 03-3206-1641／FAX 03-3551-1208
[編集部]TEL 03-3551-9563／FAX 03-3551-9565
https://micromagazine.co.jp/

ISBN978-4-86716-595-9　C0093

GC NOVELS
ちびっ子転生者は手に負えないッ!
～転生したらちびっ子だったけど、聖獣と一緒にちゅどーん!!する～
つよつよで可愛いちびっ子が、異世界で大暴れ!
撫羽
イラスト/こよいみつき
第1巻好評発売中!